金沢古妖具屋くらがり堂
巡る季節

峰守ひろかず

ポプラ文庫ピュアフル

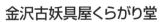

目次
Contents

登場人物紹介　character

葛《かつら》城《ぎ》汀《てい》一《いち》

金沢に引っ越してきた高校2年生。
小柄で童顔なため、よく年下に間違われる。
おひとよしな普通の人間。

濡《ぬれ》神《がみ》時雨《しぐれ》

汀一のクラスメイト。その正体は唐傘の妖怪。
美形だが、真面目で堅物な性格。
蔵借堂に住んでおり、妖具職人を目指している。

古道具屋「蔵借堂《くらがり》」の面々

向井《むかい》崎《ざき》亜《あ》香《か》里《り》

明るくてしっかり者の高校2年生。正体は妖怪「送り提灯」。蔵借堂に併設する喫茶「つくも」の手伝いをしている。汀一たちとは別の高校に通う。

瀬《せ》戸《と》

蔵借堂と喫茶「つくも」の店主。
正体は瀬戸物の妖怪「瀬戸大将」。

北《きた》四《よ》方《も》木《ぎ》蒼《そう》十郎《じゅうろう》

蔵借堂の職人。正体は「ミンツチ」という北海道の河童。

蔵借堂に馴染みのある人物たち

小《こ》春《はる》木《ぎ》祐《ゆう》

亜香里の高校の先輩。人間と書物の精の半妖で、妖怪の本質を見抜き、手帳に封じる力を持っている。

千《ち》里《り》塚《づか》魎《りょう》子《こ》

流浪の妖具職人。正体は「塵塚怪王」。

川《かわ》瀬《せ》小《こ》抓《つめ》

魎子の弟子となったカワウソの妖怪。

金沢古妖具屋くらがり堂

巡る季節

Kanazawa furuyoguya
KURAGARIDO

我が居たる町は、一筋細長く東より西に爪先上りの小路なり。両側に見好《みよ》げなる仕舞家《しもたや》のみぞ並びける。市中《まちなか》の中央の極めて好き土地なりしかど、此町は一端のみ大通りに連りて、一方の口は行留りとなりたれば、往来少なかりき。朝《あした》より夕《ゆふべ》に至るまで、腕車《くるま》、地車など一輛も過《よ》ぎるはあらず。美しき妾《おもひもの》、富みたる寡婦《やもめ》、おとなしき女の童《わらは》など、夢おだやかに日を送りぬ。

（泉鏡花『照葉狂言』より）

第一話　南国から来た二人

「ああ、左様ですか。北四方木《きたよもぎ》さんは里帰りで北海道へ……。それはよろしいですな」

「随分久しぶりの帰郷なので、しばらく羽を伸ばしてくるそうです。直接お届けできないことは申し訳ないと申していました。伺っていたところは一通り補修し、見た目が変わらない範囲で防腐処理も施してあるとのことですが、問題ありませんか？」

「充分や。丁寧に直していただいて、何と、りくつな……」

日に焼けた肌の老人は金沢弁で感謝を述べ、受け取ったばかりの段ボール箱に目をやった。箱の中には、黒塗りの大きな獅子頭《ししがしら》が、緩衝材代わりの新聞紙に包まれて丁寧に収められている。頭頂部には短い角を備え、両眼は金で耳は赤。威嚇するように歯を剝き出しにしたそれを、この地区の町会長である老人は箱から取り出し、慈しむように眺めた。

　ここ、金沢は、古くから獅子舞の多い街である。この土地に伝わる獅子舞は「加賀《かが》獅子」と総称され、頭も胴体も一般的なそれより一回り以上大きいことで知られている。

　満足そうに獅子頭を眺める老人に、玄関先に立つ長身の少年が声を掛けた。

「蒼十郎《そうじゅうろう》さんが言うには、実用品でないものの修理は慣れないので、不具合があるかもしれない、何かあったら遠慮せずに言ってほしい、とのことでしたが」

「なぁんを仰いますか。ヒビは全部埋めてもらいましたし、綺麗に塗り直していただいて……まるで新品同様や。それでいてちゃんと風格もある。充分すぎるくらいです。昔はこういうものの修理を引き受けてくれる職人さんも大勢おったがやろうけど、最近はそういう人も店もなかなかおらんでしょう。蔵借堂《くらがりどう》さんにお願いしてほんまに良かった……。いや、ありがとうございます」

「そう言っていただけると光栄です」

深々と頭を下げられた少年が背筋を伸ばして礼を返す。

身長百八十センチ弱の痩身で、纏っているのは詰襟の半袖シャツに糊のきいたスラックス。雨に濡れたような艶のある黒髪は長く、前髪は左目に掛かり、襟足は首筋まで伸びている。表情も姿勢も直線的な印象を与える少年、濡神時雨《ぬれがみしぐれ》は、「また何かあればいつでもご連絡ください」と言い足し、もう一度頭を下げてから家を出た。

さっきまで降っていた雨はいつの間にか止んでいた。晴れ間が広がりつつある空を、時雨は目を細めて見上げ、傘立てに立てておいた愛用の赤黒い傘を手に取って歩き出した。

濡神時雨の起居する「蔵借堂」は、金沢市の三つの茶屋街《ちややまち》の一つ、主計町《かずえまち》茶屋街の一角に位置する古道具屋だ。取り扱っているのは実用品のみ、骨董品や美術品は専門外という地味な店だが、そこの住人はいずれも人間ではなく妖怪で、この時雨も「傘化け」「唐傘《からかさ》お化け」などと呼ばれる妖怪であった。

先ほど話題に出ていた北四方木蒼十郎は、北海道に伝わる河童《かっぱ》のような妖怪「ミンツチ」であり、時雨と同じく高校二年生の少女・向井崎亜香里《むかいざきあかり》は「送り提灯《おくりちょうちん》」という灯火の妖怪、店主の瀬戸《せと》は陶器の精霊のような妖怪「瀬戸大将」で、店で扱う物品の中にも、妖怪の使っていた道具や、それ自体が妖怪である道具――通称「妖具《ようぐ》」――が交じっている。

この蔵借堂は、人間社会に紛れて生きている妖怪たちの間ではそれなりに知られている店なので、出入りする妖怪も多く、半月ほど前までは流浪《るろう》の妖具職人にして「塵塚怪王《ちりづかかいおう》」である千里塚魎子《ちりづかりょうこ》と、カワウソの川瀬小抓《かわせこつめ》というにぎやかなコンビが滞在していた。

店主は名義の上では瀬戸なのだが、瀬戸は隣でやっている喫茶店の経営に忙しいので、蔵借堂を実質的に切り盛りしているのは妖具職人の蒼十郎だ。

その蒼十郎のところに、故郷に住んでいる同族から「古い蔵から妖具がいくつか出てきたので引き取りに来てほしい」と手紙が来たのが先週で、それを見た蒼十郎が「久々に北海道に帰ってこようと思う。ついでに東北の知り合いのところにも顔を出してくる」と言って金沢を発ったのが二日前のこと。蒼十郎は請け負っていた仕事を全て終えてから出発したので、時雨はそのうちの一つである獅子頭を届けてきたところなのだった。

届け先である町会長宅は、金沢港にもほど近い、海の近くの一軒家だった。潮を含んだ風の香りに、時雨はバス停に向かおうとしていた足を止め、港の方へと目を向けた。

「……そう言えば、久しく海を見ていないな」

時雨は先の三月から梅雨入りの時期まで、わけあって地元を離れていた。数か月ぶりに戻ってきた故郷は、別にどこも変わっていないのに妙に懐かしく感じられ、つい歩き回りたくなってしまう。

別に急いで帰る必要もないし、それに、七月上旬というこの時期に、これだけ晴れているのは珍しい。散歩日和と言えなくもない……。

そんなことを思いつつ、時雨は港の周りをぶらぶらと歩き、真新しいクルーズターミナルへも足を延ばしてみた。

このターミナルはごく最近できたものなので、地元育ちの時雨も訪れるのは初めてだ。集客施設としても期待されているらしく、中にはイベントスペースやレストランなどが併設されていた。海をイメージしたのか、建物内は淡い色合いで統一されており、数組のカップルが楽しそうに言葉を交わしていた。

全体に漂う浮ついた空気に時雨は少し気恥ずかしくなったが、建物を抜けて海側に出ると一気に視界が広がった。

停泊中の船はなく、海原を滑ってくる風が心地よい。梅雨明け前の土曜の午前中に港に海を見に来る人もそういないようで、あたりは静かで、波の音が聞こえるばかりだ。

金沢は海に面した町ではあるものの、市中に住んでいると海を目にする機会は案外少ない。特に先月まで山中にいた時雨にとっては、海辺の光景は懐かしいを通り越して新鮮だ。幅も奥行きもあるだだっ広い港を時雨はしばらく堪能し、そろそろ帰ろうかと思って振り返った時、日傘を差した少女と目が合った。

いつからそこにいたのか、時雨の立っている場所から六メートルほど先、ターミナルの建物が落とす影が途切れるあたりに、少女は黄色の日傘を差して一人で立っていた。

身長は百五十センチ前後、年齢はおそらく時雨より少し下で中学生くらい。控えめなフリルの付いたブルーのワンピースに薄手のブラウスを重ね、髪は長く肌は白く、目鼻立ちは上品で、帽子の鍔《つば》は広く、バッグは小さい。いかにも避暑地《ひしょち》に来たお嬢様といった立ち姿である。

雨傘を持っていないところを見ると地元民ではないようだが、早めの夏休みを堪能中の観光客だろうか？　時雨はそんなことを思いつつ、軽く会釈《えしゃく》した。

「どうも……」

「こんにちは。素敵な日ですね。……ん？」

優雅な微笑を返した少女が、ふいに眉をひそめた。

意外なリアクションに戸惑う時雨に、日傘の少女はサンダルで地面をガンガン踏みしめて歩み寄り、至近距離から時雨の顔をキッと見据えた。と言うか睨んだ。あどけなさの残る顔でまじまじと凝視され、時雨がたじろぐ。

「な、何だろうか……？」

戸惑った顔から困惑した声がぼそりと漏れる。

時雨は元々人付き合いが得意な方ではないし、初対面の年下の女子ともなればなおさら接し方が分からない。調子が良くて人当たりもいいあの友人なら上手く応対できるのだろうけど……などと思いつつ、大きな瞳をおずおずと見返すと、見た目だけはお嬢様っぽい少女は、何かを確信するかのようにうなずき、強い口調でこう言った。

「やっぱり！　この気配、間違いありません！」

「ま、間違いない？　何がだ？　いや、そもそも君は誰なんだ？　僕の記憶では君とは初対面のはずだが、どこかで会っていただろうか……」

「いや初対面ですけど、そんな怖がらないでくださいよ。会ったばかりのいたいけで清楚な美少女が顔近づけてくれてるんですよ？　思春期の男子だったら、全てを忘れて喜ぶところじゃないんですか？　フラグですよフラグ」

「無茶を言うな！　思春期の男子にも色々いるんだ。それより質問に答えてくれ。何がどう間違いないんだ……？」

困惑しきった時雨が及び腰で問い返す。と、自称いたいけで清楚な美少女はいたいけでも清楚でもない不敵な笑みを浮かべ、時雨の耳元に口を近づけて小声を発した。

「あたし、分かっちゃうんですよ。お兄さん妖怪ですよね」

＊　＊　＊

その日、葛城《かつらぎ》汀一《ていいち》は朝から上機嫌だった。

何なら数日前から上機嫌だった。

この週末、亜香里と二人で、武蔵《むさし》町にあるフルーツパーラーに季節限定の特大フルーツパフェを食べに行くことになっていたからである。

スイーツ好きの汀一にとって、並ばないと食べられない季節限定の人気商品であるこのパフェは、去年は食べそこなってしまったこともあってずっと憧れの存在だった。

しかも一緒に行く相手が亜香里である。元々誰に対しても愛想のいい亜香里だが、最近いっそう気さくになったと言うか、距離感が近づいてきている気がして汀一は幸せだった。付き合ってほしいと言い出せないまま一年以上が経ってしまったことには呆れもするが、亜香里とは仲良くやれているわけで、そんな相手と二人で憧れのスイーツを食べに行くのだから、これでテンションが上がらないはずがない。

なお、汀一は一応時雨にも声を掛けたが、「甘いものは苦手なんだ。知っているだろう」とあっさり断られてしまった。本音だったのか、汀一に気を利かせてくれたのかは知らないが――多分両方だろうと汀一は思っている――ともかく今日は亜香里と二人だ。

というわけで早起きした汀一は、普段の五倍くらいの気合で髪を整え、顔を洗い、お気に入りのTシャツに着替え、大音量の「行ってきます！」で祖父母を驚かせて家を出た。汀一の両親は海外で働いているので、汀一は金沢の祖父母の家で暮らしている。

亜香里はもう来てるだろうか。今日はどんな服だろうか。念のため朝食は抜いてきたけど、パフェは食べきれるだろうか……。

そんなことを思いながら軽い足取りで待ち合わせ場所へ向かっていた汀一だったが、長《なが》町《まち》の一角に差し掛かった時、ふとその脚が止まった。

武家屋敷《ぶけやしき》の残るこの一帯には、大野庄用水と呼ばれる古い水路が流れている。汀一にとっては妖怪「水熊《みずくま》」に襲われた因縁の場所でもあるのだが、その用水がごうごうと音を立てて流れているすぐ近く、歴史を感じさせる土塀の前に、線の細い少年が一人、力なくへたりこんでいたのだ。

喘ぐような苦しげな息が、途切れ途切れに響いている。少年は見たところ中学生くらいで、その身長は小柄な汀一よりもなお低かった。

ちなみに汀一の背丈は百五十七センチ。高二の男子としては低い方だ。童顔なこともあって中学生と間違えられることも多いのだが、目の前で喘いでいる少年はそんな汀一より頭一つ分背が低く、そして細かった。

襟元の大きく開いた紅色のシャツに麻のパンツというシンプルな出で立ちで、荷物は何も持っていない。傘も持っていないところを見ると地元民ではなさそうだ。線は細く肌は白く、左に流した髪は亜麻色で、目から上を隠している。曲げた片足に右手を乗せ、軽くうつむきながら荒い息を吐くその少年の相貌を見るなり、汀一は思わず、はっ、と息を呑んでいた。

少年は恐ろしいほどに美しかったのである。

顔立ちも充分に端整なのだが、青白い肌や細い手足、シャツの胸元から覗く薄い胸板などとの相乗効果がまた凄まじい。まるで一幅の絵画か彫刻のようで……。

「って、それどころじゃないだろう！　だ、大丈夫!?」

つい見入ってしまった自分を叱り、汀一は少年に駆け寄った。

このあたりは観光地だし、繁華街である香林坊《こうりんぼう》や片町《かたまち》にも近いので人通りは多い。実際今も何人も通りかかっているのに、誰も少年を助けるどころか気に留めてすらいない。その薄情さに憤りつつ、汀一は少年の前でしゃがみこんだ。

「気分悪いの？　救急車呼ぼうか？」

そう声を掛けると、少年は顔を上げ、目を見開いて汀一を見た。

「……えっ。それ、ぼくに言っているんですか……？」

「そりゃそうだよ。ひどいよね、こんな辛そうにしてるのにみんな無視するなんて……。大丈夫？」

目を丸くした少年の顔を汀一が見返す。少年の容貌は間近で見るとさらに美形で、思わず息を止めてしまいそうになる。

と、気遣われた少年は、汀一の問いに答えるでもなく怪訝《けげん》な顔になり、「もしかして……」と声を発した。声変わりを迎えていないのだろう、声質は男子にしては高かった。

「あなた……ぼくが見えているんですか……？」

「はい？」

意外な質問に汀一は戸惑った。

慌ててあたりを見回してみると、観光客らしい夫婦が訝《いぶか》しげな目をこちらに向けつつ通り過ぎていく。「こいつは誰と話してるんだ」と言いたげなその顔に、汀一は面食らい、そしてある可能性に気が付いた。

もしかして、この少年に誰も声を掛けないのは、行き交う人がみんな不人情だからではなく、見えてないからなのでは……？　だとすると、この男の子は……？

眉根を寄せつつ視線を戻すと、土塀にもたれた少年の姿がふいに靄《もや》のように揺らぎ、赤い和傘へと変貌した。

「え!?　傘……？」

驚いて目を擦ると傘はすぐに少年へと戻る。汀一の視線を受け止めた少年は、痩せた肩を軽くすくめた。

「妖気に慣れている方とお見受けしましたが……やはり、見えているんですね。騒ぎになりたくないので、気配も姿も消したつもりだったんですが……弱っていると上手くいかないなあ……」

途切れ途切れの嘆息が静かに響く。その自嘲気味な独白に、汀一は「やっぱり」と確信し、そして同時に驚いていた。

この少年は間違いなく妖怪だ。

しかもどうやら、あの友人と同じ、傘の妖怪だ。

＊　＊　＊

汀一が約束の時間から少し遅れて大通りの待ち合わせ場所に着くと、ショートボブの少女が一人、手持ち無沙汰な様子で立っていた。

背丈は汀一より少し低いくらいで、意志の強さを感じさせるつり目がちの大きな瞳に気さくそうな下がり眉。イエローの半袖ブラウス姿の亜香里は、ようやく現れた待ち合わせ相手を見るなり、心底戸惑った顔になった。

「ごめん。どういうこと？」

挨拶も省略し、亜香里が眉をひそめて問いかける。

まあそういうリアクションになるよね……と汀一は思った。

待ち合わせ相手がなぜか見知らぬ少年を背負って現れ、しかもその少年が今にも死にそうなくらい青白い上に意識がなく、ゼエゼエハアハア喘いでいるともなれば、面食らうのも当然だ。

ずり落ちてきた少年を、汀一はよっこらしょと背負い直し、亜香里に向き直った。

カフェのバイトでは清楚めな服装が多い亜香里だが、私服は割とカジュアルだ。今日もラフな半袖に吊りスカートにスニーカーという出で立ちである。

「遅れてごめん、亜香里！　そのブラウスかわいいね」

「あ、ありがとう……。前から着てるやつだけど、それより説明！　その綺麗な子は誰？何があったの？」

「……だからさ。大丈夫だから救急車は呼ばないでほしい、ほっといてくれって言うんだよ。でも、どう見たってほっとける感じじゃないでしょ？　しかも話してる間に気を失っちゃうし……。で、妖怪のことなら、おれが判断するより、同じ妖怪の亜香里に聞いた方がいいかなと思って」

パーラーのあるあたりから一キロ弱先、四高記念公園にて。汀一は、ぐったりした少年を自分のリュックを枕にして木陰のベンチに寝かせた上で、亜香里に事情を説明した。

レンガ造りの石川四高記念文化交流館を擁するこの公園は、町中にしては風通しがよく広々としている。病人を休ませつつ人に聞かせたくない話をするにはちょうどいいので、汀一たちはここまで移動してきたのだった。

いきさつを聞いた亜香里は、「なるほどね」と相槌を打ち、横たわったまま荒い息を漏らしている少年を見下ろした。

「わたしはてっきり、あんまり綺麗な子だから拾ってきちゃったのかと」

「やんないよそんなこと！　亜香里はおれを何だと思ってるの……？」

亜香里にじろっと横目を向けた後、汀一はベンチの少年に目をやり、確かに綺麗な顔だよなと改めて思った。

亜香里や時雨、それに蒼十郎や魎子など、汀一の知る妖怪には整った顔立ちをしているものが多いが、目の前で喘いでいる少年は、何と言うか、もう桁が違うのだ。「儚げな美少年」という概念をそのまま形にしたらこうなります、と言われたら信じてしまいそうだし、この世のものではないような雰囲気さえ漂っている。

と、二人の視線を感じたのか、少年の目がゆっくりと開いた。気が付いたようだ。そこのお前は誰だと言いたげな視線を向けられ、亜香里は安心させるように微笑んだ。

「大丈夫。わたしも妖怪だから安心して。わたしは送り提灯の向井崎亜香里」

「送り提灯……？」

「うん。よろしくね。あ、こっちの男の子は葛城汀一。人間だけど、妖怪に優しいいい人だから、信用して大丈夫だよ。わたしが保証する」

少年を見返した亜香里が隣に立つ汀一を紹介する。それはちょっと過分な評価ではないかと汀一は思ったが、ここで「そんなことはない」とか言うと誤解を招きかねないので、ただ「どうも」と照れておくことにした。

二人が見つめる先で、少年がゆっくりと体を起こす。ベンチの背もたれに体重を預けて座りなおした少年は、軽く会釈した上で口を開いた。

「ご迷惑をおかけしてしまいました……。ぼくは蒲葵《くば》ニライ。妖怪としての名は『リャンサンマジムン』です」

「りゃ……リャンサン？　なんて？」

「『マジムン』って確か、沖縄《おきなわ》の言葉で、魔物とかお化けのことだよね。じゃあニライ君、沖縄から来たの？」

聞き慣れないフレーズを繰り返す汀一の隣で、亜香里が意外そうに目を丸くする。こくり、と少年——蒲葵ニライが首肯する。

「ええ。と言っても、沖縄本島からではありませんが……。沖縄諸島の外れにある小さな島が、ぼくの故郷です」

「だとしても遠いのは同じだよ……。リャンサンってどういう意味？」

「涼傘《りやんさん》は日傘のことですから、『リャンサンマジムン』は、『日傘の化けた魔物』という意味になります。もっとも、単に『マジムン』とだけ呼ばれることもあり、名称は一定していませんが……」

「あー、妖怪の名前ってそういうことあるらしいね」

そう言って相槌を打ち、汀一は以前に時雨から聞いた話を思い出した。傘の妖怪である時雨の場合、「唐傘お化け」や「傘化け」、地域によっては「傘小僧」など、色々な名前で呼ばれており、どれが正しいというわけでもないらしい。納得する汀一の隣で、亜香里が意外そうな声を発した。

「え。じゃあニライ君って傘の妖怪なの？　時雨と同じ？」

ニライの自己紹介を聞いた亜香里が再び驚く。やっぱり驚くよねと汀一は思い、一方、ニライは「時雨？」と首を傾げた。

「それはどなたですか……？」

「おれたちの知り合いにいるんだよ、そういう名前の傘の妖怪が。傘が化けて出る妖怪はほとんどいないっていつから聞いてたし、実際会ったことないからびっくりした」

「そうですか……。こちらにも傘の妖怪が……。機会があれば、是非、お会いしたいものですが……」

「落ち着いたら紹介するね。時雨も喜ぶと思うよ。ね、汀一」

「うん。リャンサンマジムンって、どういう妖怪なの？」

「はい。琉球《りゅうきゅう》文化圏には、古くなった道具がマジムンとなり、美しい若者に化けて人を化かすという話が残っていて……。しゃもじやお玉が化ける話がよく知られているんですけれど、ぼくもこの部類です」

そう説明した後、ニライは弱々しく自嘲し「もっとも、ぼくは人を化かしたりはしませんが」と言い足した。「美しい若者に化け」のところは否定しないのだな、と汀一は思ったが、実際ニライは美男子なので異論はない。

「要するにニライは日傘が化けた妖怪なわけだ」

「そうですが……ぼくの場合、それだけでもなくて……。時に、お二方は、ニライカナイをご存じですか？」

「ニライカナイ？　ゲームか漫画で聞いたことはあるような」

「ニライカナイは、琉球文化圏に広く伝わる異郷の名……。海の彼方にあるという神の世界にして理想郷です。琉球には、ニライカナイの使者にして最高神である女神・君真物《キンマモン》が現れる時には、聖地アフリノハナに黄色の日傘が、聖地コバウノ嶽には赤の日傘が立つという言い伝えがあって……ぼくは、その赤い方の日傘の変化《へんげ》なんです」

「そうなんだ……！　道理ですごく神々しいと思った……」

「い、いえ、そんな……。ぼくなんか、そんな大したものでは――」

　亜香里に見つめられたニライは顔を赤らめたが、その謙遜《けんそん》の言葉がふいに途切れた。同時にニライの頭がガクンと大きく揺れる。意識を失いかけたようだ。「大丈夫？」と亜香里に不安げな声を掛けられ、ニライは力なく苦笑した。

「すみません……。でも、いつものことなので、お気遣いなく……。今日は力を多く使ったせいで、普段よりちょっときついですが、少し休めば回復します……するはず、です、から……。だから……放っておいてくださって大丈夫……です……」

　そこまでを何とか話し終えると、ニライはベンチの背もたれに体重を預け、またも気を失ってしまった。苦しげに薄い胸板を上下させるニライを前に、亜香里と汀一はどちらからともなく顔を見合わせた。

「汀一。この子ほっといて大丈夫だと思う？」

「思わない」

「だよね……。どうする？」

「おれに聞くの？　ええと、じゃあ、とりあえず時雨呼ばない？　同じ傘の妖怪だったら、何か分かるかもしれないし」

「だね」

　というわけで汀一はスマホを取り出し、時雨に電話を掛けた。確か時雨は今、海の方へ納品に行っているはずだ。コール数回で時雨は出たが、「もしもし？　今ちょっと立て込んでいるんだが……」と応える声は明らかに困っており、汀一は眉をひそめた。

「どうしたの時雨？　何かあったの？」

「どう説明すればいいか……よく分からないのにからまれているところで──何？　その言い方は失礼だから言い直せ？　ええと、『自称いたいけで清楚な美少女に助けを求められているところで』──何？　『自称』は余計？　それくらいはいいだろう！」

　電話の向こうで時雨が誰かに言い返す。どうやらあっちはあっちでトラブルに巻きこまれているようだが、こっちも急を要している。汀一が手短に事情を話すと、時雨は「すぐ行くからそこで待っていてくれ」と告げて電話を切った。

＊＊＊

　それからしばらく、汀一たちは公園で時雨の到着を待った。

　空は薄曇りではあったが、今のところ降り始める気配はない。雨の降らない週末の昼は、この時期の金沢では貴重だ。自販機で買ったお茶を飲みつつ汀一がちらりと香林坊の方へ目を向けると、ニライの汗を拭いていた亜香里が、その視線に気付いて苦笑した。

「パフェ、残念だったね。今から行っても売り切れだろうし」

「だね……。でもまあ仕方ないよ。と言うかたまたま妖怪慣れしてるおれが通りかかって良かったよ。妖怪が見えない人しか通らなかったら、ニライ、ずっと道端で倒れてたわけだよね」

　そうならなくてほんと良かった、と言い足し、汀一が盛大に安堵する。それを見た亜香里は立ち上がり、軽く肩をすくめて言った。

「ほんと、汀一は誰にでもすぐ親身になるよね……。初対面のよく知らない妖怪のことなんか、普通そこまで心配しなくない？　汀一の場合、妖怪に襲われたことも多いのに」

「それはそうだけど……てかさ、それ、呆れてるの？　感心してくれてるの？」

「どっちだと思う？」

　眉根を寄せる汀一を見返して亜香里が笑う。

　至近距離から向けられた屈託のない笑みに、汀一の胸がふいにどくんと高鳴った。

　何も言えないまま顔がじわじわと熱くなっていき、その空気に吞まれたのか、亜香里の顔もまたじわじわと赤らんでいく。

　何を言えばいいのか分からないが、決して気まずかったり居心地が悪かったりすることはなく、むしろその逆で、この時間がずっと続いてもいいくらいで……。そんなことを思いながら汀一が亜香里と見つめ合っていると、そこに聞き慣れた声が響いた。

「ここにいたか。すまない、待たせた！」

　よく通る時雨の呼びかけに、汀一と亜香里がはっと同時に我に返る。汀一は慌てて声の方向へ振り向き、「時雨！」と友人の名を口にした。

「来るのが早い！」

「何？　いや、そんな怒られ方があるか」

「だってこっちはせっかく亜香里と――あの……誰？」

江一の理不尽な糾弾が戸惑う声に切り替わる。

いつものように詰襟シャツで赤黒の傘を手にした時雨の隣には、見慣れない顔の少女が一人寄り添っていたのだ。

白い肌に長い髪、鍔の広い帽子にフリル付きのワンピース、手にはすぼめた黄色の日傘。避暑地の令嬢のような出で立ちの少女を前に、汀一と亜香里は顔を見交わした。

そういえばさっき電話で美少女がどうとか言ってたけど、この子のこと？　何で連れてきてるわけ……？

汀一はそう尋ねようとしたのだが、それより早く少女が時雨を睨んで口を開いた。

「時雨さん、この方たちは一体？　いえ、それ以前に、どうしてあたしをこんなところに連れてきたんです？　あたしの要望はお伝えしましたよね？　人を捜しているのだと、あたしははっきり言いましたよね？　そしてあなたは手伝うと言いましたよね？」

「あれは言ったというより言わされたんだが……。引き受けた以上は放置もできないし、さりとてこちらも急を要するようだったので、とりあえず」

「とりあえずで連れ回さないでください！　優先順位の付け方が下手なんですか？」

「す、すまない……。ついテンパってしまって……」

キッと見上げられた時雨が視線を逸らしてしどろもどろに言葉を濁す。

　どうやらこの少女、お嬢様然とした見た目に反してかなり押しの強い性格のようだ。困り果てる時雨を前に、少女は大きな溜息を漏らしてやれやれとあたりを見回したが、その視線は汀一たちを――いや、その後ろのベンチに横たわる少年を見るなり、ぴたりと静止した。元々大きな目がいっそう見開かれ、少女が口に手を当てて叫ぶ。

「ニライっ！」

　少年の名を口にしながら少女がベンチへと駆け寄り、ニライの細い体を抱き起こす。大きな声で名前を呼ばれた少年は、軽く首を振って目を開け、はっ、と大きく息を吸った。

「か……カナイ……？」

「うん！　カナイよ！　ニライ、ここにいたのね……！　捜したんだから！」

「ごめんよ、カナイ……。ぼくも君を捜そうとしたのだけれど、妖力が尽きて動けなくなってしまって……この人たちに助けてもらったんだ。ぼくはまた、君に寂しい思いをさせてしまったんだね……。本当にごめん」

「いいの！　あたし、あなたが無事ならそれでいい！」

「カナイ……！　ありがとう！」

「ニライ……！　もう離さないから！」

　口早に熱っぽい言葉を交わし、二人は強く抱き合った。どちらも相手の肩と頭をしっかり抱え、頬はぴったりくっついている。長編恋愛映画のクライマックスのような抱擁を前に、汀一たち三人はただ無言で顔を赤くした。

二人の会話から察するに、時雨と一緒だった少女はカナイという名前で、ニライとはぐれてしまっていたようだ。だとしたらこうして巡り合えたのは大変めでたい話なのだが、今にもキスしそうな勢いで目の前で抱き合われると、良かったという思いより気恥ずかしさが勝ってしまう。

おい、と時雨が小声を発して汀一を小突いた。

「何が何だかさっぱりなんだが、どういうことだ、これは」

「こっちが知りたいよ。あの女の子――カナイってどういう子なの？」

「僕もよく知らない。港で海を見ていたら、お前は地元の妖怪だろう、はぐれた妖怪を捜しているので手伝えと声を掛けられたんだ」

「なるほどね。まあ、再会できたのは良かったけど……これ、いつ終わると思う？」

亜香里が困った顔で聞いたが、汀一も時雨も答えられるわけがない。

抱擁以上のことを始めたら止めよう、さもなくば逃げようと思いながら、汀一はただ顔を赤らめ、抱き合う二人を見続けた。

ニライとカナイが離れたのは、感動の再会から十五分後のことだった。

「お待たせしましたー！」

「お騒がせしました……。おかげさまで、落ち着きました」

カナイが太陽のような満面の笑みを浮かべ、そのすぐ隣に座ったニライが儚げに微笑む。

「やっとか」と言いたげな顔になる汀一たちに、二人は改めて自分たちのことを語った。

二人のフルネームは蒲葵ニライと蒲葵カナイ。いずれも沖縄の離島出身の十四歳の中学二年生で、ニライカナイから神が訪れる際に立つ赤と黄色の日傘がそれぞれ化けたものなのだという。

「二人合わせてニライカナイ。つまり、あたしたちは双子のマジムンなんです！」と自己紹介され、汀一は驚いた。

マジムンは美しい若者に化けるというだけあって、カナイの顔立ちも確かに整っていたが、二人の容姿はあまり似ていない。儚げなニライと元気なカナイとでは印象が違うし、何より、さっきの熱烈なやりとりはどう見ても恋人同士のそれだったからだ。

「双子なの!?　おれはてっきり、生き別れた恋人か何かかとばかり」

「失敬な！　あたしとニライの間にあるのはあくまでピュアで純粋な姉弟愛です！　だよね、ニライ」

「そうです……」

「ということです！　そうそう、あたしの方がお姉さんなんですよ？」

カナイが誇らしげに胸を張る。それは何となく分かるよ、と亜香里が苦笑し、時雨は怪訝な顔で相槌を打った。

「そうか……。傘の妖怪の双子か……」

「どうしたの時雨。ぽかんとしちゃって」

「あ、いや、同族の傘妖怪に会うのは初めてだからな。新鮮で」

「あのね、ニライ！　この時雨さん、唐傘お化けなんだって！　あたしも聞いてびっくりしちゃった」

カナイがニライに嬉しそうに報告する。それを聞いたニライは「ぼくも聞いた」と笑顔でうなずき、ベンチの前に立つ時雨を見上げた。

「傘妖怪の先輩にお会いするのは初めてです。じゃあ時雨さんは、ぼくにとっては、お兄さんのようなものということですね」

「『お兄さん』？　僕がか？」

「同族なんだからおかしくないでしょ？　だったら時雨さんはあたしにとってもお兄さんですね！　あ、『お兄ちゃん』の方がいいですか？」

「なっ、何をだらんことを……！」

ニライに尊敬の眼差しを、カナイに晴れやかな笑みを向けられ、時雨がおろおろと視線を泳がせる。「だらんこと」は「バカなこと」を意味する金沢弁だ。困惑しているのは間違いないが、その表情や口ぶりからは初めて同族に会えた嬉しさが見え隠れしており、汀一と亜香里は思わず笑顔を見交わした。

「良かったなー、お兄さん」

「ちゃんと面倒見てあげなさいよ、お兄さん？」

「やめろ！　百歩譲ってニライ君たちはともかく、汀一と亜香里に言われる筋合いは絶対にない！　それよりニライ君、具合が悪いと聞いていたが、大丈夫なのか？」

「お気遣いありがとうございます。弱体化には周期があるので、今のところは大丈夫です。人の姿も保てていますし……」

ぐう。

ニライの弱々しい言葉を遮るように、ふいに細い腹から大きな音が響いた。

真っ赤になってお腹を押さえるニライを見て、亜香里が優しく肩をすくめる。

「そろそろお昼だし、続きはどこかで食べながら話そうか」

＊　＊　＊

ニライたちが――正確に言うとカナイが――「せっかくはるばる沖縄から来たのだから、金沢っぽいものを食べたいです！」と主張したので、汀一は一同を近江町《おうみちよう》市場《いちば》の海鮮丼屋に案内した。

金沢と言えば海産物だし、海鮮丼は寿司に比べると安いし量も多いので学生にはありがたい。色とりどりの看板を前にニライたちは目を輝かせたが、一方で地元育ちの時雨と亜香里は軽く顔をしかめた。

「うーん……。まあ、汀一が案内したいと言うから任せたが」

「この子たち、沖縄から来たわけでしょ？　海産物は食べ慣れてるんじゃない？　と言うか、下手したら向こうの方が本場じゃない？」

「え。あ！　言われてみれば……！」

今さらのように青ざめる汀一だったが、ニライが「確かに魚はよく食べますけど、煮たり焼いたりしたものが多いので、生って逆に新鮮です」と言ってくれたので事なきを得た。

少し並んでから案内されたテーブル席で、ニライは海鮮丼の並盛を時間をかけてゆっくりと、カナイは大盛りセットをぺろりと平らげながら、いきさつを語った。

二人は金沢に観光に来たのだが、街中ではぐれた上に迷ってしまったのだという。それを聞いた汀一が深くうなずく。

「分かる！　金沢、迷いやすいよね……。道がグネグネしててどう繋がってるのか分かんないし、坂は多いし川も多いし。おれも引っ越してきたばかりの頃はさんざん迷った」

「君は今でもよく迷うだろう」

「まあまあ時雨。でもさ、長町で倒れてたニライ君は分かるとして、カナイちゃんはどうして海の近くにいたの？」

呆れる時雨を軽くたしなめ、亜香里がカナイに問いかける。食後のほうじ茶を堪能していたカナイは、隣のニライと視線を交わして口を開いた。

「ニライは……じゃなかった、あたしたちは、ニライカナイの神を迎える傘が変じたマジムンだって言いましたよね？　ニライカナイは海の彼方にある世界ですから、ニライも海が好きなんです。だからとりあえず海辺に行ってみようと思って」

「とりあえずって、海ってそこそこ遠いよね？　電話しようとか思わなかったの？」

「したけど繋がらなかったんですよ。ニライが気配を消す時に張る妖気の傘は、電波も遮断しちゃいますから」

「そんなことまでできるのか？　さすが神器たる傘は違うな……」

　時雨がしみじみと感服する。その隣で汀一は、「だとしてもいきなり海に行くのは」と呆れ、改めて向かいの席の双子を見た。見た目はどちらも美形だが、性格はかなり違うようだ。ニライが外観通りに控えめでおとなしいのに対し、一見するとお嬢様っぽいカナイの方は、行動力のお化けのような子であるらしい。

「で、これからどうするの？　おれも暇だし、観光するなら案内しようか」

「ありがとうございます！　良かったね、ニライ」

「ですが汀一さん、今日は予定があったのでは……？　確か、待ち合わせがどうとか」

「あー。あるにはあったけど、もう無理だしね。ね、亜香里」

「だね」

「というわけで、おれの分かるところでよければ案内するよ」

　そう言って汀一は軽くテーブルに身を乗り出した。金沢に越してきてまだ一年ほどだが、色々あったおかげで市内の名所は大体回っているし、ついでに言えば大体の場所で何かしらの事件に巻き込まれてもいる。

「行きたいところあるの？」と亜香里が尋ねると、カナイとニライは顔を見合わせ、そして妙に真剣な顔になった。前かがみになったカナイが、小さな声をぼそりと発する。

「そう言ってくださるのなら……皆さんを妖怪と見込んでお尋ねしますが」

「おれは一応人間なんだけど」

「それだけ馴染んでたらもう似たようなものでしょう。黙って聞いてください」

汀一が漏らしたコメントを切り捨て、カナイが真剣な面持ちで時雨たちを見る。わけが分からないまま緊張する地元民を前に、カナイはニライと視線を交わしてうなずき、神妙な声でこう続けた。

「……金沢には、妖具を扱う古道具屋があるって聞いたことがあるんです。あ、『妖具』っていうのは、妖怪の使ってた道具とか、妖怪になっちゃった道具のことなんですが、そういうのをこっそり取り扱っているお店があるらしくって、あたしたちはそこに行きたいんです。もしかして、場所をご存じないですか？」

海鮮丼屋のテーブル席に抑えた声が静かに響く。

そのおそろしくシリアスな表情での問いかけに、汀一たち三人は怪訝な顔になり、「ご存じも何も」と同時に思った。

＊　＊　＊

金沢市尾張町《おわりちょう》。

古い商家の街並が残るこの地区の一角、泉鏡花《いずみきようか》の「照葉狂言《てりはきようげん》」などにも登場する小路に面した久保市乙剣宮《くぼいちおとつるぎぐう》の境内の奥には、主計町方面へと抜ける細い石段がある。いつから か「暗《くら》がり坂」と呼ばれているこの石段を下り、主計町茶屋街の細道を少し歩いた先、和風カフェ「つくも」のすぐ隣に、一軒の古道具屋が建っている。

黒い屋根瓦の木造二階建てで、道に面した壁や戸には目の細かい格子《こうし》が縦縞模様《たてじまもよう》を作っている。店の前には季節の花のプランターと古い傘立てが並び、戸の上に掲げられた古い看板には「古道具売買　蔵借堂」という文字列が浮き彫りになっている。

この店の売り場に陳列されているのは、使い込まれた陶器や調度品や園芸用品、それに民芸品などなど。実用品なら何でも扱ってはいるものの、店の雰囲気のせいか年季の入った和物が多い。値段はどれもお手ごろだが、一部の商品には値札がなく、しかもそれらは棚や壁に妙にしっかり固定されていた。

カウンターは売り場の一番奥にあり、さらにその奥は工房や物置で、もっと奥に行くと住人の生活スペースとなっている。

そんな、生活感だけは溢れているが、観光地らしい華やかさはまるでない売り場で、ニライとカナイは目を丸くして息を呑んだ。店内を見回したニライが言う。

「ここが妖具専門の古道具屋……！　確かに、あちこちから妖気を感じるよ……！」

「ほんとに？　じゃあやっぱり、ここで間違いないのね、ニライ？」

「ああ……！　ぼくらはやっと辿り着いたんだ、カナイ！」

「長かったね……ほんとに長かったね、ニライ！」

感極まったカナイが勢いよくニライに飛びつき、ニライが薄い胸と細い腕でそれを受け止める。涙目で抱き合い、頰をこすりつけ合う二人を前に、汀一たち地元民は再び顔を薄赤く染めた。咳払いしながら時雨が言う。

「それは毎回やらないといけないものなのか？」

「喜びすぎじゃない……？　沖縄の人ってみんなそんな感じなの？」

「は？　そんなわけないでしょう。時雨さんも汀一さんも馬鹿じゃないですか」

ニライと抱き合ったままのカナイがそれはもう冷ややかに言い放つ。突き刺すような物言いにたじろいでしまった男子たちに代わり、亜香里がやんわり口を挟む。

「はいはい、あんまりいじめないであげてね。にしても、どうしてそんなにここに来たかったわけ？」

「え？　それはほら——だって、面白そうじゃないですか！　不思議な道具がいっぱいあるんですよね？」

一瞬言い淀んだ後、カナイが妙に早口でそう言うと、ニライは念を押すようにこくこくと首を縦に振った。その説明に汀一は軽く眉をひそめた。

確かにここには不思議なものは色々あるが、沖縄からはるばる見に来るほどの価値があるとは思えない。観光旅行だったら行く先はいくらでもあるだろうし、今、カナイが少し戸惑ったように見えたのも気に掛かるといえば気に掛かる。

亜香里も気になったのだろう、「ふうん……？」と語尾を上げた相槌を打ったが、すぐにけろりとした笑顔に戻り、「せっかくの妖怪のお客さんだし、瀬戸さん呼んでくるね」と出ていってしまった。

＊　＊　＊

「へえ、沖縄にもうちの店を知ってる妖怪がねえ」

「はい。と言っても、直接聞いたわけではありませんが……。ぼくを育ててくれているオバアが昔会ったそうなんです」

「その話を聞いてからずっと、一度来てみたかったんです！　ね、ニライ？」

ニライの説明をカナイが受け、同意を求められたニライが首肯する。嬉しそうにうなずき合う双子を前に、丸椅子に腰かけた瀬戸は「それはそれは」と相槌を打った。

蔵借堂の店主で、時雨や亜香里の育ての親でもある瀬戸は陶器の妖怪「瀬戸大将」だが、見た目は、どこにでもいそうな小柄で温和で眼鏡の中年男性である。

普段は隣のカフェを切り盛りしている瀬戸は、はるばる沖縄からの客が蔵借堂を見に来たと聞いて、カフェを臨時休業にして蔵借堂での談笑に加わっていた。「タイミングがなあ」と口を挟んだのは、売り場の壁に掛けられた古い木槌だ。

「もうちょっと前なら、蒼十郎っていう北海道の河童がいたんだよ。無口だけど熱心な職人だから、沖縄の妖怪の話も面白がって聞いたと思うぞ。で、そのさらに前には、塵塚怪王ってのもいたんだけど、ニアミスだったな」

古びた槌――槌鞍《つちくら》がノリの軽い男性の声で言う。

この槌鞍は、見た目はただの古い横槌だが、自分の意志もあれば人間の姿になることもできるという古株の妖具で、蔵借堂の一員でもある。「それは時雨さんから聞きました」とニライがうなずき、コーヒーカップを両手で持ったまま整った顔を上げた。

「塵塚怪王、お会いしてみたかったなあ……」

「残念だったな」

「あっ、でも、ここに来られただけで充分です……！　あの、時雨さん。ここって、槌鞍さんの他にはどんな妖具があるんですか？」

「何？　そうだな。売り場に出ているものの中だと、たとえば――」

そう言いながら時雨が立ち上がると、ニライも釣られて席を立った。

「この草刈り鎌は『野鎌《のがま》』。捨てられたり葬送に使われたりした鎌が化けたものだ。この古い雛人形は『ヒンナ』と言い、持ち主の願いを叶えてくれるんだが、今は静かに休んでいる。こっちの鉈《なた》は『竹伐狸《たけきりだぬき》』が人を化かす時に使っていたもので……」

時雨が店内を歩き回りながら妖具を解説し、ニライが興味津々な顔でそれに聞き入る。そんな二人の姿を、汀一はカウンター前の椅子に座ったまま微笑ましく眺めた。

ニライは人見知りする性格のようだったが、時雨にはずいぶん懐いている。実際、さっきからニライが話しかける相手は、カナイ以外では時雨ばかりだ。

「兄弟みたいだね」

「失敬な！　ニライの方が全然綺麗です！　時雨さんもまあ見てくれは悪くないですが、儚さと神秘性が明らかに足りません」

汀一の漏らした感想にカナイが眉を吊り上げる。そんなカナイを亜香里は「はいはい」と流し、時雨とニライに目をやった。

「でも二人の雰囲気って似てるよね。それはカナイちゃんも思うでしょ？」

「う。た、確かに……。やっぱり、どっちも傘の妖怪だからかな？」

「いや、それを言うならカナイもだろ。ニライと双子なんだから」

他人事のようなコメントに思わず汀一が突っ込む。カナイは一瞬きょとんと目を丸くした後、「……そうでした」と顔を赤く染め、笑いを誘った。

同じ器物の妖怪同士とは言え、生まれ育った環境や風土が違うとお互いに何を聞いても物珍しいものだ。蔵借堂での雑談は途切れることなく続き、気付いた頃には外はもう暗くなっていた。

カナイは「現地に着いてから宿を探すつもりだったので、ホテルは取ってません」と発言して皆を驚かせ、それを聞いた瀬戸は「良かったら泊まっていくかい？　ご飯も食べていけばいい」と提案、カナイたちはあっさりそれを受け入れた。

汀一も何となく泊まっていく流れになり、槌鞍も加えた一同はにぎやかな夕食を楽しんだのだが、ずっと話し続けていたので疲れが出たのか、九時を回る頃には全員が強い眠気を感じていた。

結局、会食は十時前にはお開きとなり、瀬戸や時雨や亜香里はそれぞれの寝室に、ニライとカナイは揃って客間に引っ込んだ。

「ふわああ……」

一人だけ残ったリビングで、汀一は大きなあくびを漏らし、掛け布団代わりに借りたバスタオルを手に、リビングのソファに転がった。

体を横たえた途端、猛烈な眠気が堰を切ったように一気に押し寄せる。

いくら何でも眠くなりすぎじゃないかと汀一はふと思ったのだが、その意識はあっという間に途切れ、眠りの淵に落ちていった。

＊＊＊

「……きろ！　おい！　起きろ、汀一！」

必死に自分を呼ぶ声に、汀一の意識は覚醒した。

うっすらと開けた瞼の隙間から電灯の光が飛び込んでくる。どうやら照明を消すのも忘れて眠りこけていたようだ。目を擦りながらゆっくり体を起こすと、リビングのローテーブルの上で古びた木槌が騒いでいた。槌鞍である。

「やっと起きやがったか！　遅えぞ！」

「何です、槌鞍さん？　もう朝ですか……？　って、まだ一時じゃないですか。眠いんですけど」

「見りゃ分かる！　いいから聞け！」

「何ですか……？」

「あのな。ついさっき、あの双子がこっそり地下に降りていった」

むにゃむにゃ言いながら瞬きをする汀一に、槌鞍が押し殺した声で告げる。その意外な報告に、汀一は「はい？」と間抜けな声を返し、のそのそとソファに座った。

「双子って、ニライとカナイが……？　トイレの場所でも間違えたんですかね」

「アホかお前！　ボケた頭ちゃんと使って考えろ！　そもそも不自然だろ？　宵の口から、それも居合わせた全員が同時に眠くなるなんてことあるか？　あいつら何しにこの店に来たんだ？　で、ここの地下には何がある？」

「え？　ええと……」

矢継ぎ早に投げかけられる問いに汀一は戸惑い、そして絶句した。

蔵借堂に出入りして一年以上になるので、店の中のことはある程度は知っている。地下にあるのは広い物置で、そこに収められているのは消耗品のストックや使わなくなった家具……そして、取り扱い注意の危険な妖具だ。

人間を恨んで死んだ大妖怪「白頭《しらこび》」の怨念が宿っていた杭と、それが引き起こした事件のことを思い出し、汀一の顔がさっと青くなった。

「い、いや、でも、あの二人に下心があるとは思えないんですけど……。物置の妖具に興味があるだけじゃないですか？」

「じゃあ何で昼間に行かない？　どうして全員が寝静まってから動く？」

「それは――」

「ほら、答えられねえだろう！　だから今すぐ確かめてこいって言ってるんだ！　分かったら返事！」

「はっ、はい……！」

「よし！　じゃあ任せたぞ！」

「はい……って、え？　来てくれないんですか？」

「元々普段からずっと寝てる妖具なんだぞ俺は。もう眠気が限界だ。お休み！」

いい声でそう言い残し、槌鞍は静かになってしまった。

一人取り残された汀一は「ええ……」と情けない声を漏らし、そしておずおず立ち上がった。二人を疑いたくはないが、槌鞍の指摘も気に掛かる。不安な顔で暗い廊下を抜けると、地下の物置に通じる階段の先から確かに光が漏れていた。

……ニライたち、ほんとに地下に……？

訝る声を胸の内で漏らしつつ、足音に気を付けて階段を下りる。入り口からそっと物置を覗き込むと、スチール棚が並んだ間に細身の人影が二つ動いていた。

　ニライとカナイの二人である。

　ニライは昔時雨が着ていたという浴衣姿で、カナイは亜香里から借りたTシャツを着ている。数時間前に「お休み」と挨拶を交わした時と同じ姿の二人は、昼間とは打って変わって真剣な顔で、棚を見回したり、段ボール箱を引き出しては中を確かめたりしていた。

　焦った声でカナイが言う。

「こんなにたくさんあるなんて……！　ねえ、ニライの力であれの在処《ありか》を探れないの？」

「ここは妖具が多すぎて、気配が上手く絞れないんだ……。それに、今日はかなり力を使ったから……。ごめんね」

「そっか。そうだよね。あたしの方こそごめん。疲れるよね、あの人数の妖怪に暗示を掛けて、泊まっていかせるように仕向けて、しかもまとめて眠らせたんだから……」

「え!?　そんなことしてたの？」

　汀一の驚く声が唐突に響く。カナイの発言が意外過ぎてつい声を出してしまったのだ。

　汀一は慌てて口を押さえて扉の陰に隠れたが、明らかにもう遅かった。

「誰！」

　険しい顔のカナイがハッと物置の入り口を睨んだ。汀一が逃げるか弁解するか悩む間にカナイが隣のニライに叫ぶ。

「逃がしちゃ駄目！」

「分かってる……！」

真剣な面持ちのニライが右手を掲げ、何かをつまんで引くような動作をした。と、汀一の体がふわりと浮き上がり、ニライたちの前へと引き寄せられる。あっけなく床に転がされた汀一を、青ざめた顔の双子が見下ろす。

「汀一さん……！　どうして起きてるの？　眠らせたはずだよね、ニライ？」

「そうなんだけど……そうか！　妖怪用に調整した催眠だから、人間には効きが甘かったんだ……！　不覚……！」

「ニライ、そんなことまでできるの……？　傘の妖怪にそんな力があるなんて」

「ニライをそんじょそこらの唐傘お化けと一緒にしないで！　ニライは最高神を迎える神器の化身、神様にできることなら大体何でもできちゃうんだから……！」

青ざめて歯嚙みするニライの隣で、カナイが汀一をぎろりと睨む。

年下とは思えない覚悟の決まったその顔に、汀一の背筋がぞくりと冷えた。

使い古したモノが化けて妖怪になる、という伝説は、日本各地にあるのだが、実は沖縄にもそんな話がちゃんとのこっている。

その代表的なものが、しゃもじが化けたミシゲーマジムンと、おたまが化けたナビゲーマジムンの二つの妖怪だ。

むかし、夜の浜辺から、三線や唄などの楽しそうな音が聞こえてきた。ある若者がその音につられてみてみると、浜辺ではたくさんの人が集まって、モーアシビ（夜の浜辺で唄を歌ったりしてすごす遊び）の最中だった。

美男美女が三線を弾き、唄を歌い、酒を飲みながら楽しそうに踊っている。

これはいい場所に出くわしたと、若者もそのモーアシビに加わったのだが、さんざん、酒を飲まされて、朝起き上がってみると、酒だと思っていたのは実は馬のおしっこだった。大勢の人の姿は消え、代わりに使い古したしゃもじやおたま、かけた茶わんやぼろぼろの箸などが浜辺に散乱していた。


（小原猛『琉球妖怪大図鑑　上』より）

「に、ニライ？　カナイ？　あの、どうしてこんな――」

「あたしたちは探しているの」

　転がされた汀一が発した問いかけをカナイの声がすかさず遮る。「探している」？　不明瞭な回答に汀一は眉をひそめ、ひとまず起き上がろうとしたが、その体は床に張り付いたように動かなかった。

「え？　う、動けない？　何で？」

「ぼくの権能の一つです。……お願いします、どうか騒がないでください、汀一さん。この蔵借堂に秘蔵されているという万能の妖具……。ぼくたちにはそれが必要なんです」

　青ざめて戸惑う汀一を、ニライが見下ろし冷たく告げる。薄手の浴衣を纏ったその姿は、美術品のような整った顔立ちと相まって美しく、どこか幽玄ですらあったが、見入っている余裕は汀一にはなかった。

「『万能の妖具』……？」

「そうです……！　使い手の思うままに願望を具現化するという、唯一にして無二の妖具……。使いようによっては大惨事を引き起こす可能性もあるそれは、器物の妖怪たちの手で金沢の古道具屋に運ばれ、そこに封印されたと聞いています。ぼくも手荒な真似はしたくありません。どうか、どこにあるのか教えていただけませんか？　この下ですか？」

「はい？　いや、この下に部屋なんてないし、そんな話自体、初耳で」

「とぼけないで！」

汀一に向かってカナイが声を荒らげた。相当焦っているのだろう、Tシャツの襟もとや額には冷や汗がじっとり滲んでいる。その顔を見上げて汀一が反論する。

「ほんとだよ！　いやまあ、おれも、ここにある妖具を全部知ってるわけじゃないけど……とりあえず動けるようにしてくれない？　地味に痛いんだよ、これ。騒いだり逃げたりはしないから」

「その言葉を信じられるとでも……？　申し訳ありませんが、ぼくらの真意を知られてしまった以上は――うっ……！」

ふいにニライが苦しげな声をあげ、胸を押さえてうずくまった。同時に、汀一の五体を床に押し付けていた不可視の力がふっと消える。とっさに上体を起こす汀一の前で、カナイは「ニライ！」と叫び、よろける双子の弟を支えた。

「大丈夫？　しっかりして、ニライ！」

「ごめん、カナイ……！　残念だけど、やっぱり、ぼくはそろそろ限界みたいだ……」

「限界って――そんなこと言わないで！　何のためにここまで来たの？　万能の妖具さえあればニライは治るんだから、あとちょっと、あとちょっとだけ頑張ろうよ！」

青い顔に力のない笑みを浮かべようとするニライを抱きかかえ、カナイが涙目で言い返す。その悲痛なやりとりを前に、立ち上がった汀一は逃げるのも忘れ、おずおずと二人に歩み寄っていた。

「あ、あの……よく分からないけどさ、弱ってるなら無理しない方がいいよ？　おれは逃げないし、何なら相談に乗っても」

「何の騒ぎだ？」

ニライを案じる汀一だったが、そこに物置の入り口から響いた声が割り込んだ。

ニライとカナイ、それに汀一が同時に振り返ると、階段に通じるドアのところに立っていたのは、浴衣を纏った長身の少年だった。時雨である。汀一たちが何かを言うより早く、不穏な空気を察した時雨はスッと目を細め、怪訝な声を発した。

「汀一？　それにニライ君にカナイ君……？　こんな時間にこんなところで何を――」

「くっ……！　仕方ない！　一旦逃げるよ、カナイ！」

訝しげな視線を向けられたニライが歯嚙みし叫ぶ。すぐ隣にいたカナイは「うん！」とうなずき、不安そうに双子の弟を見た。

「でも大丈夫なの？　ニライ、もう力が……」

「任せて！　ぼくは誓ったんだ、何があっても、君だけは必ず守るって……！」

腹を括った声とともにニライが背筋を伸ばして立ち、右手を真上に突き上げる。そのまま人差し指で頭上にぐるりと円を描くと、ニライを中心にして妖気の傘が広がった。

実体を持たないその傘は、ニライとその隣にいるカナイ、そして二人のすぐ傍でぽかんと立ち尽くしていた汀一をも包み込み、一瞬後、三人の姿は蔵借堂の物置から消えた。

＊　＊　＊

視界が暗転した次の瞬間、汀一は裸足で細い橋の上に立っていた。

「はい？」

動転しながら周りを見回すと、目の前にはカナイとニライの姿があった。足下の橋の幅は狭く、せいぜい三メートルほど。欄干《らんかん》は木製で、そこから見下ろした先には澄んだ大河がさらさらと流れ、川岸には格子戸越しに漏れる光やガス灯風の街灯が並んでいる。見覚えのある夜景だなあと汀一が思ったのと同時に、カナイが焦った様子で口を開いた。

「ここは……？」

「中の橋。浅野川《あさのがわ》に架かってる古い橋だよ。泉鏡花の小説の舞台にもなったとか」

「そうなんですね。さすが文豪の町――ってなぜ汀一さんがここに！」

相槌を打った直後、カナイがぎょっとした顔で汀一を睨む。きつい視線をぶつけられ、汀一は面食らった。

「いや、それはおれの方が聞きたいんだけど……。何で急に外に？　ニライがおれたちをテレポートさせたってこと？」

「……はい。すみません。とっさのことだったので、対象を絞り込む余裕がなくて……妖気の傘で囲った範囲内の全員を転移させてしまいました……」

息の上がった声でそう答えたのは浴衣姿のニライである。古びた欄干に手を突いて体を支え、ぜえぜえと喘ぐその姿はいかにも苦しげで、責める気にはなれない。暗い曇り空の下、汀一が困った顔をしていると、日傘の妖怪である少年は大きく息を吐き、顔を上げて汀一を見た。

「ところで汀一さん、ここは、蔵借堂からどのくらい離れているのでしょうか……？」

「距離はちょっと分からないけど、かなり近いよ。ほら、あっちの岸のあのへんが蔵借堂。歩いて五分くらいかな」

「そんな近いの!?」

「ごめんよカナイ……！　もっと遠くまで飛びたかったけれど……この弱った体では、権能がほとんど発揮できない……。今のぼくでは、この距離の転移が精一杯なんだ」

「ニライ……！」

青白い顔の少年が力なく首を振り、その姿の痛々しさにカナイがぼろぼろと涙をこぼす。ニライは無言で抱き着いてきたカナイを抱き返してそっと撫で、汀一に申し訳なさそうな顔を向けた。

「汀一さん、すみませんでした……。怖がらせてしまったこと、巻き込んでしまったことは、この通り、謝ります。もう帰ってくださって結構です」

「え？　いや、そう言われても……」

ニライに謝られた汀一が眉をひそめて頭を掻く。

いまだに何の説明も聞いてはいないが、これまでのやりとりを見ていて大体のところは察しが付いた。

どうやらニライは体に大きな不調を抱えており、そのため、本来は優れた力を持つにもかかわらず、それをフルに使えない状態にあるようだ。そして、二人がはるばる金沢にまでやってきた目的は、蔵借堂に秘蔵されているという万能の妖具を手に入れ、ニライの体を治すこと。

正直、ニライもカナイも悪人には見えないし、だとしたら力になってあげたい。時雨には甘いと言われるだろうし、自分でも呆れるが、これはもう性分だし、そっちの方が正しいと思ってしまうのだから仕方ない。というわけで手を貸すつもりは大いにあるが、だがしかし……。

汀一が困った顔のまま立ち尽くしていると、ようやく抱擁タイムを終えたカナイがじろっと冷たい目を向けてきた。

「何です？　見世物じゃありませんよ」

「いや、そんなつもりは」

「だったら何ですか？　万能の妖具の隠し場所、教えてくれる気になったんですか？」

「だからおれ、そんな妖具のことは知らないんだって！　そういうのが隠されてるなんて話も初めて聞いたし……。それ、ほんとにあるの？」

「聞いているのはあたしです！　汀一さん、人間とは言え、あの店の従業員なんでしょう？　だったら一度くらい聞くなり見るなりしていても――」

「――カナイ」

執拗《しつよう》に食い下がるカナイだったが、その言葉をニライが制した。

え、と顔を向けるカナイに、ニライは庇《かば》うように手を伸ばし、橋の先、南の岸に険しい顔を向けた。

汀一が思わずその視線を追うと、川から漂う夜霧の中を、長身の少年が一人、こちらに歩み寄ってくるのが見えた。

細身に薄手の浴衣を纏い、手には丸めた赤黒の傘。警戒心をあらわにしながら近づいてくるその姿を前に、ニライは白い額に冷や汗を滲ませた。

「時雨さん……！　どうしてここが……？」

「君の妖気を追ったまでだ。カナイ君の方は上手く気配を隠しているようで辿れなかったが、ニライ君の妖気はしっかり感知できたからな。何のつもりか知らないが、まずは汀一を返してもらう」

前髪越しの険しい目がニライを見据え、よく通る声が橋上に響く。

敵意すら感じさせるその声に、橋の中央、ちょうどニライたちと時雨の中間あたりに立っていた汀一は、きょとんと目を丸くした。

「あ、あの、時雨？　ちょっといい……？」

「何を呆けている！　早くこっちへ！」

「落ち着けって！　心配してくれるのは嬉しいんだけど、別におれ、さらわれたわけでも人質にされてるわけでもないからね？　ニライのテレポートに巻きこまれただけで」

「何？　そうなのか？　だったら早く言え！　こっちがどれだけ心配したか」

「いつ言うんだよ！　スマホも何も持ってないんだぞ！」

「そ、それはそうだが――いや、だとしてもだ！　ニライ君、カナイ君！　君たちは地下室で一体何をしていた……？」

　一瞬ほっと安堵した後、時雨が鋭い口調に戻って詰問する。睨まれたニライは「それは――」と口を開きかけたがすぐ押し黙り、覚悟を固めた顔で右手を上げた。

「乱暴な手は使いたくありませんでしたが、仕方ない……！　離れて、カナイ！」

　悲痛な声で叫んだニライが、自分一人だけが入るサイズの小さな円を頭上に描く。瞬間、その姿が橋の上から掻き消えた。なっ、と時雨が目を見開く。

「消えた？　またさっきの術か!?　くそ、今度はどこへ――そこかっ！」

　息を吞んだ時雨が真後ろを振り返り、手にしていた洋傘を開く。赤黒い傘が放った妖気の風は、時雨の後ろに転移してきたニライの細い体をあっけなく弾き飛ばした。

「くっ……！　やりますね、時雨さん……！」

「君の妖気はもう覚えた。何のつもりだ？」

「知れたこと。もう一度眠ってもらいます！　直接触れて力を流しこめば、朝まで目は覚めないはず……！」

見えない傘を掲げるようにニライが右手を上げて言う。その不敵な宣言に、傘を構えた時雨は眉根を寄せた。

「『もう一度』？　どういうことだ」

「気を付けて時雨！　ほら、今夜って言うかさっき、みんな急に眠くなっただろ？　あれニライの仕業らしいんだよ！　暗示とか催眠とか瞬間移動とか、神様にできることは大体何でもできるんだって！」

「何だと⁉」

汀一の忠告を受けた時雨がぎょっとして目を丸くした。そんなとんでもない相手だとは思っていなかったようで、元々色白の顔がサーッと青白くなっていく。

「そ、そんなことまでできるとは、さすがは理想郷の最高神を迎える伝説の神器……！　唐傘お化けの僕とは格が違うということか……！」

「……あのさ、時雨はそういうのできないの？」

「できてたまるか！　こっちは伝説どころか設定も逸話もない妖怪なんだぞ！　傘で妖気を受け流すか吸い取るくらいが関の山、あとは精々雨足を操れる程度だ……！」

身を守るように傘を構えた時雨が叫ぶ。汀一とカナイが固唾《かたず》を呑んで見守る中、時雨は困った顔で歯噛みし、身構えたままのニライに呼びかけた。

「落ち着いてくれニライ君！　君と僕が戦う理由はないはずだろう？」

「優しいですね、時雨さんは……。ですが、あいにくこっちには、戦う理由も事情もあるんです。初めてお会いできた傘妖怪のお兄さんに、こんなことをするのは、全く本意ではありませんが――ごほっ！」

　ふいにニライが大きくせき込み、その細い体がぐらりと揺れた。ニライはとっさに欄干に手を突いて支えようとしたが、その手も力なく曲がってしまい、瘦せた体が橋の上にべたりと転がる。いきなり倒れた相手を前に、時雨は激しく戸惑った。

「に、ニライ君……？」

「ニライ！　やっぱり無理だよ、そんな体じゃ……！」

　カナイが慌ててニライに駆け寄ろうとする。

　と、その声に、時雨ははっと我に返り、険しい顔をカナイに向けた。

　ニライが急に弱った理由が何にせよ、二人が双子である以上、カナイもニライと同じ力を持っているのはほぼ間違いない。同族、それも年下の女子に手荒な真似はしたくないが、敵意を持って向かってくる以上、迎え撃つより他に手はない……！

　一瞬のうちにそう判断した時雨は、走り寄るカナイに愛用の傘を突き付けた。

「――すまない、カナイ君！」

「え――」

「やめてええええええええええええッ！」

　カナイが絶句するのと同時に、引き絞るような絶叫が轟《とどろ》いた。

橋のみならず浅野川の川面すら震わすような大ボリュームの金切り声に、その場にいる全員の動きが止まる。

皆が驚いて見つめる先で、声の主は――ニライは――欄干を掴んでふらつく体をどうにか起こし、懇願するように時雨に言った。

「やめてください……！　時雨さんに本気で攻撃されたら、彼女はひとたまりもありません……！」

「何？　いやしかし、君たちは双子のリャンサンマジムンなんだから、同じ力を持っているんじゃないのか……？　しかもカナイ君は君より遥かに健康に見えるし、だったら、僕程度の妖力で傷付くことなど……」

「違うんです！」

青ざめた顔のニライが首を左右に強く振り、時雨の訝る声を遮った。

違うってどういうことだ、と顔を見合わせる時雨と汀一。日傘の妖怪である少年は、近づいてきたカナイと視線を交わし、何かを確認するようにうなずき合うと、時雨たちに向き直り、胸に手を当てて口を開いた。

「――確かに、ぼくはリャンサンマジムンです。ニライカナイからの来訪神を迎える時に立つ二本の日傘の一つ、赤い傘の化身です。でもカナイは――彼女は、違う」

「その『違う』ってのがよく分からないんだけど……。だって、二人は双子なんだよね？　赤の傘とセットで立つ、黄色い日傘がカナイなんだよね？」

首を捻った汀一が問う。と、ニライはきっぱり首を横に振り、隣に立つ少女に目をやった上で続けた。

「それが、そもそも嘘なんです」

「嘘……？」

「そうです。神を迎える神器であるもう一本の傘は、現存していません……。おそらく、とうの昔に朽ち果ててしまったのでしょう。ぼくは、天涯孤独のマジムンなんです」

「え？　じゃあカナイは――」

「はい。カナイは……いいえ、金城歌南《きんじょうかな》は、ぼくの双子の姉でもなければ、妖怪でもありません。彼女は人間。葛城汀一さん、あなたと同じ人間なんです」

＊　＊　＊

カナイは人間だと言われても、それだけでは何が何だか分からない。なので汀一と時雨はとりあえず橋から移動し、ニライたちから具体的な話を聞くことにした。

戦う流れではなくなったことに汀一は大きく安堵したが、それは他の三人も同じようで、さっきまでのピリピリした空気から一転、ほっと弛緩したムードが漂っている。中の橋のほど近く、緑水苑という小さな公園で、汀一はやれやれと溜息を落とし、ニライを支えるように寄り添ってベンチに座る少女に声を掛けた。

「まず何から聞いたらいいのかな。えーと、カナイは……って、カナイじゃないんだっけ。名前は」

「金城歌南。金の城で歌おう南に、で『金城歌南』です」

カナイ――歌南はスッキリした顔でそう名乗り、「中二で十四歳って言うのは本当ですよ？」と断った上で、汀一たちに身の上を語った。

歌南は東京で生まれたが、小学五年生の時に両親が離婚し、母親に引き取られることとなった。沖縄の離島出身だった歌南の母は、娘を連れて生まれ育った島へと戻り、歌南はその島の砂浜でニライと出会ったのだという。

「島に着いたばかりの日、夏の終わりの夕暮れの中、ニライは真っ白な砂浜に立って、一人で海を眺めていたんです。赤いシャツと白い肌のコントラストが綺麗で、もう、夕日に染まる海に負けないくらいにすごく、すっごく綺麗で、それに神秘的で……。ああ、この男の子は人間じゃないんだなってすぐ分かりました。ぽーっとなって見とれていたら、ニライがあたしに気付いて声を掛けてくれて……。だよね」

「うん。それまで、島にはぼくと同じくらいの年の子っていなかったから、珍しくて」

「へー、なるほど。おれと似てるね」

歌南とニライの説明を受けた汀一が相槌を打つ。「そうなんですか？」と歌南に問われ、汀一は隣の時雨の顔を見てうなずいた。

「おれも金沢に来てすぐ、時雨や亜香里と知り合ったんだよ。懐かしいよね」

「懐かしむほど昔でもないだろう」

「いいだろ別に。で？」

「はい。ぼくは歌南に名を名乗り、歌南も名前を教えてくれて……。そうしてぼくらは恋に落ち、付き合い始めました」

「いや展開早くない？」

思わず口を挟む汀一である。さっきまでは共感しながら聞いていたのに、いきなり追い越されてしまった気分だ。だが、不審そうな視線を向けられたニライと歌南は、きょとんとした顔を見合わせた。

「そう言われましても……。少し言葉を交わしただけで、歌南はとても魅力的な女の子だって分かりましたし……」

「あたしの方はニライに一目惚れで、しかも話してみたら優しくて繊細で素敵な男の子だったんですよ？　妖怪だっていうのは驚きましたけど、それはこの際全然マイナス要因じゃないですし、だとしたらもう付き合わない選択肢なくないですか？」

ニライの後を受けた歌南が堂々と聞き返す。「なくないですか」と言われても、亜香里に惚れて一年余り経つのに告白すらできていない身としては、何をどう答えればいいものか。答に詰まる汀一の隣で、時雨が腕を組んで溜息を吐いた。

「……なるほどな。双子の姉弟にしては仲が良すぎると思っていたが、恋仲だったのなら納得だ。なぜ双子だと嘘を吐いたりしたんだ？」

「はい。それは、ぼくの身の上が関係していて――」

時雨に問われ、今度はニライが話し始めた。

ニライは、昨日語った通り、ニライカナイから来訪する神を迎える際に用いられた日傘が化けた妖怪だ。妖怪として自意識を得て化けられるようになったのは十数年前で、島で占い師のようなことをしている人間の老婆に拾われ育てられた。そういう意味では若い妖怪なのだが、本性である日傘はかなりの年代物であり、激しく劣化していた。

器物が化けた妖怪の場合、本性の不具合は体の不調に直結する。元々体の弱かったニライの体調はここのところ加速度的に悪化しており、あと半年持つかどうかというところまで来てしまっていた。

妖怪の体調不良は人間の医者には治せないし、島には言葉の通じる妖怪はもうニライしかいないので相談できる相手もいない。二人は困り果てていたが、そんなある日、ニライの育ての親の老婆が、昔、沖縄本島でさる妖怪から聞いた話を思い出したのだという。

曰く、この世にはあらゆる願いを叶える万能の妖具というものが存在しており、それはあまりに危険なので、妖怪が金沢でやっている古道具屋に密かに収められたとか、収められなかったとか……。

「その話をニライのおばあちゃんから聞いて、あたし、もう居ても立ってもいられなくなったんです。それを使えばニライの体を治せるかも、って！　でも、万能の妖具のことは、おばあちゃんも又聞きな上にはっきり覚えてないし、それを話してくれた妖怪も今どこにいるか分からない。なら、もう直接金沢に行って探すしかないじゃないですか」

「なるほど……」

「というわけであたしはニライを説得し、話を聞いた翌日には那覇《なは》から小松行きの飛行機に乗っていました」

「展開早くない？」

怪訝な顔の汀一が再び突っ込む。「学校はどうしたんだ」と尋ねたのは隣の時雨だ。

「もう夏休みなのか？　家族にはどう説明してきたんだ」

「学校はさぼったし家には置手紙を残してきましたので大丈夫です」

「いや、大丈夫じゃないよ、それ。というか中学生って飛行機のチケット買えたっけ」

「ふっふーん、うちのニライを甘く見ないでください、汀一さん！　ニライの力があれば、空港の人にあたしたちを大人だと思い込ませるくらい朝飯前なんですから。ねー」

「うん。あれくらいの幻術なら、弱っていても使えるからね……」

歌南に同意を求められたニライが嬉しそうに微笑み、その顔を見た歌南もまた笑顔になる。愛しそうにお互いを見つめ合う二人を横目に、汀一は若干引いた。

歌南は昨日からの印象通りに行動力の塊《かたまり》のような少女であり、ニライの方は消極的なように見えて割とノリがいいらしく、しかも弱ったとはいえ相当便利な力を持っていて、そして二人の間にはブレーキ役が存在しない。馬が合ったたいいカップルではあるのだろうけど、見方によっては相当危険な二人である。

「って、だから何で双子だなんて嘘吐いたわけ？　素直に事情話せばいいのに」

「だって妖怪のやってる妖怪の古道具屋に行くんですよ？　こんないたいけな人間の美少女がのこのこ出向いたら、食べられちゃうかもしれないじゃないですか」

「食べるか！」

　時雨が思わず言い返す。「君たちは妖怪を何だと思っているんだ……」と頭を抱える時雨に、ニライが申し訳なさそうに頭を下げた。

「すみません。島にまだいる妖怪たち——キジムナーやケンムンは言葉を話しませんから、人に交じって生きている妖怪のコミュニティには馴染みがなくて……。だから、用心に越したことはないと思ったんです。歌南は人間にしては勘が良く、妖気を感じ取ることができるんです。ぼくと年格好も近いので、双子だと言い張れば大丈夫だろうと思って……」

「なるほどね……。てか、いるんだね、キジムナー」

「沖縄ですから」

「それは理由になっているのか……？　で、結局どこまでが本当なんだ？　昨日二人がはぐれて迷っていたのも芝居なのか？」

「いえ、あれは普通に迷っていました。歌南はどんどん先に行ってしまうし……」

「だ、だって！　初めて来た町だよ？　テンション上がるし、見て回りたくなるじゃない！　金沢の道が分かりにくいのが悪いと思いまーす」

　ニライに横目を向けられた歌南が恥ずかしそうに顔を赤らめる。その勝手な物言いに、未だによく迷う汀一は強く同意し、地元育ちの時雨は数度目の溜息を落とした。

「それにしたって海まで行くか」

「とりあえず海岸に出るのが沖縄のやり方なんです！」

「歌南はこう言ってるけど、そうなの、ニライ？」

「そんなことはないです。歌南が方向音痴なだけです」

汀一に問われたニライが即答し、「でも、そこも可愛いんです」と微笑みながら言い足すと、歌南は「もう！」と嬉しそうに破顔し、ニライに抱きついた。臆面もなくいちゃつき始めた年下カップルに、汀一は疲れた苦笑を漏らし、隣の時雨へと向き直った。

「……で、どうする時雨？　おれとしては、万能の妖具なんてものがもしあるなら、二人に貸してあげてほしいんだけど」

「君は本っ当にすぐ同情するな……！」

「いいだろ別に！」

「別にバカにしているわけじゃない。その逆だ。僕としても、希少な傘妖怪仲間のことだから、力になりたいとは思う」

「良かった……。で、あるの？　万能の妖具」

胸を撫で下ろした汀一が時雨に問いかける。汀一、そしてニライと歌南からも視線を向けられた時雨は眉根を寄せて沈黙し、寝巻の浴衣の襟を軽く直した上で口を開いた。

「まあ……、あると言えばある」

「え!?　あるんだ！」

「ああ。と言うか汀一も知っているだろう」

「へっ？」

「あらゆる願いを叶える万能の妖具。それはおそらく、槌鞍さんのことだ」

肩をすくめた時雨が浅野川を見ながら言い放つ。それを聞くなり、ニライと歌南は困惑した顔になり、汀一は「あー」と間抜けな声を発していた。どういうことです、とニライが首を捻る。

「槌鞍さんというのは、あの木槌の妖怪の方ですよね……？」

「うん。そうなんだけど」

頭を掻きながら汀一が答える。

蔵借堂の古株でもある槌鞍は、一見するとただの古い木槌の妖怪だが、その実体は、広島は三次《みよし》に伝わる特級妖具、通称「魔王の木槌」である。手にして振ったものの願いを叶える力を持っており、去年の夏には汀一たちもそれに助けられたのだが……。

「槌鞍さん、その時に力を使い果たしちゃったらしくて……。今はチャージ中なんだよ。だよね、時雨」

「ああ。壊れたものを直すくらいの力はもう溜まっているかもしれないが、そもそも魔王の木槌の力は妖怪にはあまり効かない。去年僕らが事件の記憶を消してくれと頼んだ時も、小春木《こはるぎ》さんにはしっかり記憶が残っていたからな」

「すみません。その『小春木さん』というのは」

「書物の精のお母さんと人間のお父さんの間に生まれた人。亜香里の学校の先輩だよ。半分だけ妖怪なあの人にも効果がなかったってことだからさ、槌鞍さんの状態が万全だったとしても……」

「ニライ君の不調を治せたかどうかはかなり怪しい。と言うか、まず無理だ」

汀一の後を受けた時雨はそう説明し「……すまない」と抑えた声で付け足した。それを聞いた歌南は目を見開いて絶句したが、すぐに「でも！」と食い下がった。

「槌鞍さんって、普通にお店に吊るしてありましたよね？　万能の妖具は危険なので封じられたって聞いたのに」

「伝聞と伝言を繰り返すうちに話に尾ひれが付いたんだろう。よくあることだ」

「そんな……だったら――そうだ！　あの、もしかして金沢には、蔵借堂の他にも妖具を扱うお店があったりしませんか？　それか、蔵借堂の別の店舗とか」

「コンビニじゃないんだぞ。そんな店が何軒もあってたまるか」

「で、でも、ええと、ですけど、もしかしたら――」

「……もういいよ、歌南」

必死に言葉を紡ぐ歌南をニライがそっと静かに制する。息を呑んだ歌南が涙目を向けた先で、ニライは何も言わずただ力なく首を横に振り、「もういい」と念を押すように告げた。それを聞いた歌南の目尻から涙が溢れ、歌南はニライの胸にしがみついて泣き始めた。

曇った夜空の下に、少女の悲痛な泣き声が途切れ途切れに響いていく。

いたたまれない空気の中、汀一と時雨は二人にかける言葉が見つけられずにただ視線を交わしていたが、そんな時、汀一の頭上にぽつりと雫が落ちてきた。視線を上に向けると、曇り空から雨粒が次々と降ってきた。

「……あー、降ってきちゃったか」

「ずっと、今にも降り出しそうな空模様だったからな。よく持った方だろう」

そう言いながら時雨は立ち上がって愛用の洋傘を広げ、入れ、と皆に視線で告げた。促された汀一たちが腰を上げ、傘の下へいそいそと集まる。

時雨以外の三人は裸足なので、雨に濡れる地面がひどく冷たい。赤い目の歌南に支えられて時雨に寄り添うニライに、汀一が声を掛ける。

「ニライも傘の妖怪だよね。水を弾いたりできないの？」

「うちのニライをそこらの雨傘と一緒にしないでください！　神器ですよ神器！」

「いいよ、歌南……。ぼくはほら、日傘のマジムンなので、水には弱いんです。……お世話になります、時雨さん」

「気にするな。雨を防ぐのはいわば僕の本業だ」

ニライに見上げられた時雨が軽く肩をすくめてみせる。その口ぶりや表情は、付き合いの長い相手にだけ分かる程度には誇らしげで、役に立てるのが嬉しいんだろうなと汀一は思った。

雨足はいよいよ強くなり、浅野川には無数の波紋が広がっている。

時雨は「行こう」と一同に声を掛けて歩き出し、まっすぐ前を見たまま続けた。

「――ニライ君。それに歌南君。今夜の出来事や僕たちが聞いたことは、明日の朝、瀬戸さんに全て話す。いいな」

「……はい」

「分かっています。悪いのは、ぼくらですから……」

歌南とニライが観念したようにうなだれ、黙り込む。静かに寄り添う小さな二つの背中を見て、時雨の後ろを歩いていた汀一は胸を痛め、どうか悪いことになりませんようにと強く祈った。

ニライと歌南のやったことは、確かに、誉められることではないけれど。

でも、この二人はもう、充分すぎるくらいに罰を受けているのだから。

＊　＊　＊

次の朝、ニライたちは蔵借堂での朝食の席で、自分たちの素性や思惑を、隠すところなく全て語った。

話を聞いた亜香里は「何か隠してるとは思ったけど、思ってたより大ごとだった……」と感想を漏らした。瀬戸も驚いた顔をしていたが、二人を怒ったり咎《とが》めたりする気配はまるでなく、それは汀一にとって意外だった。

　汀一が理由を尋ねると、瀬戸は「どう言えばいいかなあ」と苦笑いして口を開いた。

「葛城くんのような人間にはピンと来ないかもしれないけど、僕らみたいに人に交じって生きてる妖怪には、ニライ君たちの気持ちは分かるし、割と理解できるんだよね。ほら、妖怪には市役所の相談窓口もなければ、悪党を……あ、これはニライ君たちのことじゃないからね？　そういうのを捕まえて突き出す先もないし、罪を裁いてくれる機関もないでしょ。困ったらとりあえず自分たちで何とかするべし、っていう生き方が基本だからさ。今回も驚きはしたけど、あんまり咎める気にはならないんだよ」

「はー、なるほど。何にせよ良かった……。おれ、もう気が気でなくて」

「随分ほっとしてるねえ。あ、もちろん一般論として、盗んだり騙したりするのは良くないことだよ？　そこは譲れない一線だけど、でも、二人は反省してるみたいだし……それに、事情が事情だからね。いきさつを聞いちゃうとね……」

「……申し訳ありませんでした」

「あの、槌鞍さんの力って、やっぱり駄目なんですか？」

　肩を縮めるニライの隣で、歌南が悲痛な声を発した。すがるような視線を向けられた瀬戸が、首を小さく横に振る。

「昨夜、時雨くんからも聞いたんだろう？　彼の力は妖怪には利き目が薄いんだよ」

「そんな……。じゃあもう、ニライは……！　ニライ！　ごめんなさい……！」

「謝らないで、歌南。これはきっと運命だったんだよ。君と出会えただけで、ぼくは充分幸せだったから……。願わくは、ぼくがいなくなってからも、君に幸あらんことを――」

「やめて！　聞きたくない、そんなこと……！」

　思わず椅子を立った歌南がニライに背を向け、そんな歌南をニライが背中からぎゅっと抱きしめる。

　涙ぐみながら寄り添う二人の姿に、汀一は思わずぼろぼろともらい泣きし、時雨も悲痛な顔で沈黙したが、瀬戸と亜香里は泣くわけでもなく、戸惑った顔を見合わせていた。眉をひそめた亜香里がそっと手を上げ、おずおずと言う。

「あの……ちょっといい？　『もう打つ手がない！』みたいな感じになってるけど」

「だってそうじゃないですか！　ニライの体はもう、持って数か月……！」

「落ち着いてカナイちゃん、じゃないのか、歌南ちゃん。ええと、ニライ君？　あなたは古い傘が化けた妖怪なんだよね？」

「そうですが……？」

「だよね。それで、本性の傘が古くて傷んでるから弱ってる。そうだよね」

「それも、はい……。しかし、それが何か？」

「うん。そういうことだったら、別に『万能の妖具』なんかに頼らなくても、うちでメンテしてもらえばいいんじゃないの……？」

　わたし変なこと言ってないよね……？　と視線と表情で訴えながら、亜香里がゆっくり問いかける。その提案に、ニライと歌南は「メンテ？」と戸惑い、同時に時雨が大きな声をあげた。

「そうか！　その手があった！」

「『その手があった！』じゃありません！　何ですぐ気付かないの？　あなた仮にも妖具職人の卵でしょうが！」

「め、面目ない……！　話の流れと雰囲気で、ニライ君を助けるにはもう、万能の妖具の力を借りるしかないと思い込んでしまっていた……！」

呆れた亜香里に叱られ、時雨がしゅんと縮こまる。その実の姉弟のようなやりとりをよそに、ニライは瀬戸に大きく見開いた目を向けた。

「メンテなんてできるんですか？」

「できるよー。うちは昔からそういう常連さんも多いんだ。妖怪になるような古い道具は、たとえ古くなって傷んでも、職人が手を掛けてやれば長持ちするし、ちゃんと息を吹き返す。このことは葛城くんも知ってるよね？」

「……はい。よく存じております……」

「えー！　汀一さんも知ってたんですか!?　だったらどうしてそれを昨夜教えてくれないんです！　あたしとニライが！　昨夜！　どんな気持ちで！　一晩を！　過ごしたと！　思ってるんです！」

「ごめん歌南！　ほんとごめん！　時雨と一緒で、その発想が出てこなくって……」

歌南の怒号に汀一が必死に頭を下げる。一気ににぎやかになった食卓で、ニライだけはまだ実感が湧かないのだろう、ぽかんと呆けた顔をしていたが、亜香里に「直るといいね」と声を掛けられると、この日初めて明るい笑みを浮かべ、こくりと首を縦に振った。

＊　＊　＊

蔵借堂で古道具の妖怪のメンテを引き受けているのは確かだが、あいにく補修担当の蒼十郎は帰省中だ。そこで一同は、朝食の後片付けを終えた後、リビングのパソコンの前に集まり、ビデオ通話で蒼十郎に話を聞いてみることにした。

「ふむ……」

液晶画面の中で、ポロシャツ姿の蒼十郎が厳めしい顔で眉根を寄せる。蒼十郎は蔵借堂ではほとんど作務衣《さむえ》なので、私服姿は汀一にとっては新鮮だった。

パソコンの手前では、緊張した面持ちの時雨が、絹製の赤い日傘を——本性に戻ったニライを——開いた状態で掲げている。

日傘の柄の長さは一メートル半ほどあり、開いた直径もおおよそ同じ。一般的な洋傘のような円錐形ではなく、ほぼ水平に開く構造だ。

かつては鮮烈な赤だったのだろう布地は日に焼けてくすんでしまっており、ところどころに穴も開いていた。長くまっすぐな柄に巻かれた籐は半分ほどしか残っていないし、先端の石突は欠けた上に割れている。傘の内側の中心部、いわゆる「ろくろ」の部分には、放射状に広がる竹製の骨と柄を繋ぐため、赤と青と緑の三色の糸が網目状に張り巡らされていたが、糸はどれも退色しており、ほつれたり千切れたりしている部分も多い。

なるほど確かに古いし傷んでいるな、と汀一は思い、その上で「でも、綺麗だな」と強く思った。

赤い布地は褪せていてもなお目を引きつけるし、ろくろの部分で無数の糸が描く図形は万華鏡のように鮮やかで、すり減ってすべすべになっている柄からは、長い間大事に扱われてきたことが伝わってくる。劣化していてもなお、見たものをはっとさせる荘厳な雰囲気をその傘は確かに湛えており、汀一は思わず拝みそうになった。

「なんか凄いな……。迫力があるって言うか、神がかってるって言うか」

「うん。綺麗な傘だよね」

汀一の隣で亜香里が同意した。時雨の持つ傘に見入ったまま亜香里が続ける。

「これは確かにニライ君なんだなって分かるのが不思議だよね……。上品で儚げで、繊細で神秘的で」

「こっ、光栄です……」

時雨が持つ日傘が恥ずかしそうな小声を漏らす。この状態でも口を利くことはできるようだ。歌南が自慢げに胸を張る。

「そう！　ニライは本性になっても綺麗なんです！　時雨さん、あんまり乱暴に開いたり閉じたりしないでくださいよ？　ニライは時雨さんと違ってデリケートなんですから」

「分かっているが、動かしてみないと、傷んでいるところも把握できないし、蒼十郎さんに診察してもらえないだろう？　すまないニライ君、少し動かすぞ」

「はい。お任せします」

　歌南に睨まれた時雨の言葉にニライが答える。それを聞いた上で時雨はそっと傘を開いたりすぼめたり、何度か向きを変えたりしてみせた。モニターの向こうの蒼十郎は時折「裏も見せてくれ」とか「そこから三本目の骨の部分をアップで」などと言うだけだったが、一通り全体を見終えると、抑えた声を発した。

「なるほど。確かに修理が必要なようだ。時雨はどう思う？」

「そうですね……。劣化が進んでしまっていますし、できる限り早く手を打った方がいいとは思います。汚れはある程度は落とせますし、かがり糸は全部が繋がっているわけではありませんから、破損した部分だけ張り直せます。折れた骨も同じです。ただ、破損した部品をごっそり取り換えてしまうと……」

「元とは別物になってしまい、妖怪としての個性が失われてしまう」

「ですよね。なので、どこまで手を入れるか、その見極めが難しいところかと思います。蒼十郎さんの見立てはどうですか？」

「実際に触れて妖気の具合を見ないと確かなことは言えないが……まあ、同じようなものだ。なら、時雨、任せていいか」

「はい。……え？」

釣り込まれるようにうなずいた直後、時雨は大きく目を見開いた。驚きのあまり取り落としそうになったニライを慌てて持ち直し、時雨がパソコンを見返して言う。

「任せるって——僕にですか？　一人で？」

「そうだ。時雨が今言ったように、早く手を打った方がいいのは間違いないが、俺はすぐには帰れないし、そこには妖具の調整のイロハを知っているお前がいる。一昨年の冬だったか、茶会用の大きな和傘を直したことがあったろう。要領はあれと大体同じだ」

「同じと言われても……あの時、僕は手伝っただけで、ほとんど蒼十郎さんが一人で」

「段取りは覚えているだろう？」

「そ、それはそうですけど……しかし……」

師匠にあたる人物と、そして汀一や歌南、亜香里や瀬戸らに見つめられ、時雨が弱気な顔でうつむく。青ざめた手が傘の柄をぎゅっと握り、「僕一人だけでは……」とか細い声が響いたが、それはすぐに途切れてしまった。

重たい沈黙が満ちる中、汀一は小声で「今更ですけど、瀬戸さんは直せないんですか？」と尋ねたが、「陶器なら昔取った杵柄なんだけどねえ」と苦笑されてしまった。

そしてさらに数秒間、静かな時間が続いた後、蒼十郎は軽く肩をすくめ、顔を伏せたままの弟子に語りかけた。

「……いいか、一気に直そうと思うな。少しずつでいい。とりあえず、できるところから手を入れるんだ。取り換えた部品はいずれ馴染むから、そうなれば、他の箇所に手を入れることもできる」

「それは分かりますが、『とりあえずできるところ』というのも荷が重くて」

「大丈夫だ。俺も適当なことを言っているわけじゃない。妖具の修理で物を言うのは、技術よりも感覚だ。直す相手とまっすぐ向き合う心だ。その妖具のアイデンティティを把握し、そこに込められた思いや、積み重なった年月の重さを理解する……。言ってしまえば精神論だが、これこそが妖具の補修の肝要だ。あらゆる道具は豊かな生活を生み出すためのものであるということを常に心の中に置いて」

「敬意を忘れず向き合うべし――ですよね。はい、そのことは分かっています。……いいえ、頭では分かっているつもりです。ですが、妖怪の本性である妖具のメンテは、僕は未経験なんですよ？」

「それも知っている。だがお前は、直すべき対象である彼――蒲葵ニライというリャンサンマジムンと同じ、傘の妖怪だろう？　だったら、まず直すべき箇所も、手を付けてはいけない箇所も、感覚で理解できるはずだ。この修理には、ミンツチである俺よりも、時雨、お前の方が適任なんだ」

落ち着いた声でゆっくりと、液晶画面の中で蒼十郎が言葉を重ねていく。時雨は黙って聞き入っていたが、ややあって少しだけ顔を上げ、あの、と控えめな声を発した。

「蒼十郎さんは……僕に、できると思いますか」

「思う」

短い即答がパソコンから響く。

依然沈黙している一同が見守る中、時雨は手にした古い日傘に視線を落とし、続いて、隣に座る歌南を見た。

目を潤ませた歌南が「お願いします」と表情だけで告げる。その視線を受け止めた時雨は、首を縦にも横にも振らずにパソコンに向き直り、短く息を吸って声を発した。

「――やってみます」

腹を括った声がリビングに響く。少しの間を置いた後、液晶画面の中の蒼十郎は「そうか」と嬉しそうにつぶやき、モニター越しに弟子を見て問うた。

「何か前もって聞いておきたいことはあるか？」

「はい。いくつかあります。糸はストックがありますが、骨は」

「傘には美濃《みの》のマダケの五年物がいい。五十本割の松葉骨があるから使え」

「あれを使っていいんですか？　お得意様用にやっと手に入れたものだって」

「妖怪の命には代えられまい。先方には俺から謝る。骨はヒーターで軽く焙ってタメカケてから使うんだぞ」

「分かっています。あと、布地の穴ですが、継ぎを当てればいいですか？」

「縫うんではなく貼り付けろ。糊はわらび粉を使うこと。あと、全部終わったら亜麻仁《あまに》油《あぶら》を塗るのを忘れずに。この時には刷毛《はけ》や筆は使うな」

「手拭いに染み込ませて薄く塗るんですよね？　次に、柄のことですが――」

画面を挟んだ時雨と蒼十郎が矢継ぎ早に言葉を交わす。その専門的なやりとりに、傍らで見守っていた歌南は「へえ……」と感嘆するような声を漏らした。どうしたの、と汀一が問うと、歌南は時雨をちらっと見やり、抑えた声をぼそりと漏らした。

「時雨さん、ほんとに妖具職人の卵なんですね……」

「信じてなかったの？」

「だって時雨さん頼りないじゃないですか」

「ひどいな……。まあ、びっくりしたのはおれもだけど」

そう言って苦笑し、汀一は師匠との事前確認を続ける時雨に目をやった。

時雨が妖具職人を志していることも、ずっと蒼十郎を手伝ってきたこともよく知ってはいるものの、そもそも汀一は二人が作業している間の店番要員として雇われたバイトである。蒼十郎たちが工房で作業している間は売り場のカウンターにいるわけで、師匠と弟子としてのやりとりを見る機会はこれまでほとんどなかったのだ。

……そっか。おれが知らなかっただけで、ちゃんとやってるんだな、こいつ。

真剣な面持ちで専門用語を口にする友人の姿に、汀一はなぜか嬉しくなり、そしてそれ以上に誇らしくなった。

時雨がニライを持って蔵借堂の工房に籠もった後、汀一は歌南や亜香里らと隣のカフェ「つくも」へ移動した。

時雨には「集中したいので一人でいい」と言われてしまったし、歌南に金沢を案内するような雰囲気でもない。手術中の家族の安否を気遣うような空気の中、汀一と亜香里は、歌南の語るニライとの思い出に耳を傾けた。

「……パパとママが離婚した時から、あたし、自分の人生にもういいことなんて何もないって思ってたんです」

開店したばかりでまだ客のいないカフェで、汀一たちを前に歌南は言った。

瀬戸は聞いているのかいないのか、カウンターの中でカップを拭いている。まだ湯気を立てているカフェラテを一口飲んで、歌南は続ける。

「あたしは確かにママの方が好きだったけど、東京の暮らしも好きだったから……。何もない田舎の島になんて行きたくない！　って思ったんです。でもそこでニライと出会って、あたし、一気に幸せになっちゃったんですよ」

「ダイレクトに言うなあ」

「だってそうなんだから仕方ないじゃないですか？　あたしはニライと会ってから毎日が

＊
＊
＊

すっごく楽しくなったし、ニライも『歌南に会えて良かった』って何度も言ってくれて……。ほら、昔からよく『二人だと幸せは共有できるし、悲しいことは半分ずつ分け合える』とか、『二人じゃできないことも一緒だったらできる』とか言うじゃないですか。それって全部本当なんだって、あたしニライのおかげで分かったんです」

「……ほんとに好きなんだね、彼のこと」

感心したようなコメントを漏らしたのは亜香里だ。うらやましそうな笑顔を向けられた歌南は、堂々と胸を張ってうなずいた。

「愛してますから。と言うか、愛し合ってますから！」

「『愛』か……」

物語や歌詞を通じてよく知ってはいるものの、実際に口にする機会は案外ないその言葉を、汀一は思わず繰り返していた。

歌南の言動には若干引くところもあるが、この行動力、そして思いをはっきり口にできる性格には憧れなくもない。というわけで汀一が「歌南、かっこいいね」と素直に誉めると、歌南は「あたしは可愛いとか可憐だとか言われたいんです！」と眉尻を吊り上げた。

扱いの難しい子だと汀一は思った。

＊　＊　＊

カフェのドアが開いて時雨とニライが顔を見せたのは、二人が工房に籠もって三時間あまり後、そろそろ正午になる頃だった。

肉体的にも精神的にも消耗しきったのだろう、時雨はげっそりと憔悴していたが、その隣に並ぶニライは、依然として顔は青白かったものの、今にも崩れ落ちそうな危うさはまるでない。

「……おまたせ」

そう言って嬉しそうにはにかむニライを見るなり、歌南はカフェの椅子を蹴っ飛ばして駆け寄り、突撃するような勢いでニライに抱きついた。

「ニライ！　良かった……！　治ったのね！」

「うん、ありがとう歌南……！　今、ぼく、すっごく体の調子がいいんだ……！　時雨さんのおかげだよ。ありがとうございました、時雨さん……！」

「ありがとうございます！」

「ど、どう……いたしまして……」

ニライと歌南の全力の感謝に、疲れ切った声が応じる。時雨はそのまま倒れ込むように椅子に座り、「白湯《さゆ》を……」とか細い声で亜香里に頼んだ。相当弱っているようだ。

汀一はその向かいの席に腰を下ろし、友人のやつれた顔を覗き込んだ。

「大丈夫、時雨……？　ニライの疲れを全部引き受けたみたいな顔になってるけど、そんな大手術だったの？」

「いや、そうでもない。実際、そう難しいことはしていない……。全体を洗浄し、壊れていた部品を取り換えて、穴を塞いだくらいのものだ……。あくまで今回は急場しのぎで、取り換えた部品が馴染んだ頃、また手を入れる必要があるんだが……ずっと気を張り続けていたから、とにかく疲れた……」

「そ、そうなんだ……」

「お疲れ様。はい、ご注文の白湯です。すぐ飲める温度にしてあるからね」

「助かる……」

亜香里がテーブルに置いた湯飲みを時雨が両手で引き寄せる。時雨はそれを一口だけ飲み、ふう、と大きな息を吐いた上で、ニライに向き直った。

「一応、実用に耐える程度には直せたと思うが……動いてみてどうだ、ニライ君？」

「すごくいいです！　体が軽いし、胸も頭も痛くありません」

「だったらいいが……本当か？」

「本当です！」

訝る時雨に回答したのはニライではなく歌南だった。汀一が「何で歌南が答えるの」と突っ込むと、歌南は、よほど嬉しいのだろう、ニライとしっかり抱き合ったまま即答した。

「ニライをずっと見てきたから分かるんです！　あたし、こんな元気なニライ、初めて見ました……！　ありがとうございます時雨さん！　ほらニライも」

「うん……！　ありがとうございました、時雨お兄さん」

「お、お兄さん？　いやまあ、喜んでくれたのなら、僕としても本望だが……」

二人に見つめられた時雨が頬を染めて目を逸らす。その表情や声は心底恥ずかしそうではあったが、その奥には、控えめな達成感や晴れがましさが確かに見え隠れしており、汀一は思わず笑顔になった。


その後、「念のため一日くらいは経過観察したい」という時雨の提案もあり、ニライは歌南とともに蔵借堂にもう一泊し、明日の朝に沖縄へ帰ることになった。

歌南はせっかくニライが健康になったのだから市内を観光したいと強く主張したが、疲れ切った時雨は早々に自室に引っ込んで寝てしまったので、汀一と亜香里が歌南たちに付き合うことになった。

その観光の道中で、汀一は歌南をこっそり呼び止め、「妖怪を好きになった人間の先輩に聞きたいんだけど、どういうタイミングで告白したの？　ふられないって確信してた……？」などと聞き、「あのですね、告白はイチかバチかの賭けじゃなくて、お互いの気持ちが向き合っていることを確かめる確認作業です。と言うかそれ、高校生が中学生に聞きます？」と呆れられた。

一応隠していたつもりの汀一の恋心は二人にはバレバレだったらしく、ニライには「亜香里さん、素敵な方ですよね。ぼくも応援しています」と温かく微笑まれる始末である。恋愛の先輩らしい風格を漂わせたその笑顔に、汀一は「頑張ります」と敬語で答えるのが精一杯だった。

午後一杯かけて市内を歩き回った後、汀一はニライたちと蔵借堂の前で別れた。汀一は市内に家があるわけだし、明日は学校なので、さすがに二日連続で泊まるわけにもいかない。

「おれ、見送りには行けないけど、気を付けて帰ってね」

「はい。ありがとうございます。本当に、色々とご迷惑をおかけしました」

「もういいって。歌南も元気でね」

「もちろん！　あたしは言われなくても元気です！　また来ますから、その時もよろしくお願いしますね」

「また？　って、そっか。ニライのメンテはまだ続くんだもんね」

「そうですよ、汀一さん。ここにはニライの主治医がいるんですから！」

「『主治医』かー。それ、時雨に言ってあげてよ。多分照れるけど喜ぶから」

「うん。絶対照れると思う」

汀一の漏らしたコメントに亜香里が笑顔で同意し、だよね、と汀一がさらにうなずく。親しげに亜香里と言葉を交わす汀一に、ニライは涼やかな笑みを向けていたが、その細い肩を歌南がつついた。

「どうしたの、歌南？」

「……ね。あのこと、言わなくていいの……？」

　首を傾げたニライの耳元に口を寄せた歌南が、神妙な声で問いかける。それを聞いたニライは目を細め、首を軽く左右に振った。

「ぼくも迷ったんだけれど……でも、ぼく自身、あれが何なのか、どう理解していいのか未だに分からないんだ。それに、汀一さんたちに伝えたところで、無用な混乱を招くだけだろうから……」

　そう言ってニライは語尾を濁し、祈るような、物憂げな視線を、眼前にそびえる蔵借堂へと向けた。

謝名村ニ、アフリノハナト、云《いふ》所アリ。昔、君眞物（※）出現之時、此所ニ、黄冷傘立時ハ、コバウノ嶽ニ、赤冷傘立、又コバウノ嶽ニ、黄冷傘立時ハ、此所ニ、赤冷傘立ト、申傳《もうしつたふ》也《なり》。

（『琉球國由來記』より）

※君眞物……琉球神道に伝わる女神。その名前は「最高の神霊」を意味しており、海の彼方のニライカナイから琉球の国土や人民を守護するために来訪するという。

第三話　それぞれの進路志望

大学前のバス停でバスを降りると、空気はひんやりと湿っていた。

金沢駅前からバスに三十分ほど乗っただけで、そう遠くに来たわけでもないのだが、海抜の低い街中と山手では湿度も気温も違うようだ。あたりを見回す汀一の隣で、時雨はだるそうにバッグのショルダーストラップを掛け直した。

ニライたちが沖縄に帰って約半月、高校は既に夏休みに入っている。この日汀一たちは、金沢市の外れにある大学のオープンキャンパスにやってきていた。

夏休みの課題の一つで「どこかの大学のオープンキャンパスに参加し、その内容や感想をレポートにまとめること」というものがあり、汀一や時雨は市内に古くからある——とは言え、郊外に移転してしまって久しいが——この大学のそれに参加することにしたのだった。本日予定されているプログラムは、学校の概要説明と体験講義、学食での昼食の後、在校生を交えたグループトークという、比較的ありふれた内容だ。

バス停から大学に続く坂道は、普段は私服の大学生ばかりなのだろうが、今日に限っては汀一たちと同じく制服姿の高校生が多い。

ぶらぶらと坂を上って正門を抜けると、広々としたキャンパスの一角で、見知った顔の女子たちが三人で談笑していた。

ショートカットとロングヘアの女子は汀一たちと同じ学校の制服で、もう一人のショートボブの女子の制服は別の学校のものだ。汀一が声を掛けるより先に、三人の一人、ショートカットの女子が汀一たちに気付いて手を振った。

「あ、葛城くんに濡神くん！　おはよー、噂をすればだね」

「おはよう、鈴森《すずもり》さん。それに木津《きづ》さんに亜香里も……ほら、時雨も挨拶する」

「……おはようございます」

汀一に促された時雨が控えめに会釈する。「よくできました」と汀一は微笑み、その上で、目の前の女子トリオに――短髪で気さくな鈴森美也《みや》とその友人で物静かな木津聡子《さとこ》、そして亜香里に――向き直った。

汀一にしてみれば美也と聡子は去年来のクラスメートで、亜香里とはバイト先でしょっちゅう顔を合わせる仲だ。美也と亜香里が顔見知り同士ということは知っているし、このメンバーが市内の大学のオープンキャンパスに参加しているのも不思議ではないけれど、三人が揃っているのは珍しい。

「何の話してたの？　てか『噂をすれば』って何」

「亜香里さんから濡神くんの話を聞いてたの……」

汀一の問いかけに聡子がぼそぼそと応じ、「昔の、孤高でカッコ良かった頃の……」と付け足した。じいっと見上げられた時雨が居心地悪そうに目を逸らし、それを見た亜香里がうんうんとうなずく。

「時雨、ちゃんとファンがいたんだねえ。お姉さんは安心しましたよ」

「誰がお姉さんだ誰が」

「あ、あの、もしかして、おれのことも話してた？」

うずうずと、もしくはおずおずと口を挟む汀一である。と、女子トリオはちらっと視線を交わし、同時に首を横に振った。一同を代表するように美也が言う。

「葛城くんはほら、どこでもいつでも葛城くんだから。情報をすり合わせる面白さが特にないって言うかさー。『彼、ああいう人だよね』『知ってる』『知ってる』で終わっちゃうから、会話が深まらないわけよ」

「……そうですか」

「落ち込みなさんな！　裏表がないのはいいことだと思うよ、多分」

汀一を適当に慰め、美也は亜香里に向き直った。

「亜香里のことも色々教えてもらったんだよね。さすが市内随一の進学校の優等生、偏差値高くてうらやましいことですよ」

「あー、亜香里勉強できるもんね。亜香里は進学先ってもう決めてるんだっけ？」

「迷ってるところ。金沢を離れたいわけじゃないけど、別の土地にも興味はあるし、あと、とりあえず一人暮らしはしてみたい」

「何それ。でも、ちょっと分かるかな……」

亜香里のコメントに聡子が共感する。「葛城くんは？」と美也に聞かれ、汀一は広いキャンパスを見回しながら答えた。

「おれは金沢で進学したいなー。そもそも金沢に来たのも、ここで進学できればって思ったからだったし、実際来てみたらいいところだったし」

「ふふふ、それはどういたしまして」

「何で鈴森さんがお礼を」

「だって地元民だもん。濡神くんは？」

「僕か？」

「うん。濡神くんも進学志望なんでしょ？　うち一応進学校だし、オーキャンに来てるくらいだし」

「それは……」

美也に話を振られた時雨は言葉に詰まり、やるせなさそうに視線を山へと向けてしまう。そのアンニュイな仕草に美也や聡子はきょとんと首を傾げ、一方、汀一は亜香里と顔を見合わせて肩をすくめた。

先のニライの一件以来、時雨は、高校を出たら大学に進むのではなく、蔵借堂で働いて職人としてのスキルを身に付けたいと考えるようになっており、それを公言してもいた。

時雨の保護者である瀬戸や蒼十郎は「人間に交じって生きる以上、いずれは働くことになるんだから焦らなくても」「人としても妖怪としても、若いうちに見聞を広め、色々体験しておくことの方が大事」というスタンスで、汀一もどちらかというとそっち派であった。ちなみに亜香里は割とドライで「時雨が後悔しないようにすればいいんじゃない？」という中立的な立場である。

そもそも時雨は、やたら人生を焦りがちと言うか、とにかく早く決めなければと考える癖がある。少なくとも汀一にはそう見える。のんびりした性格の汀一としては、もうちょっとゆっくり考えてもいいと思うし、友人と同じ学校に通いたいという気持ちもある。というわけで汀一は今日、無論、学校の課題のためだとか、自分自身のためという理由もあるのだが、時雨に大学の面白さや意義を知ってもらうことを第一の目的として、オープンキャンパスに足を運んだのであった。

「頑張ろうね時雨！」

「何をだ」


オープンキャンパスは、汀一と時雨が美也たちと合流してから二十分ほど後、予定通りの時間に始まった。

学校の概要説明に続いて九十分の体験講義と、プログラムは滞りなく進行し、汀一は物珍しさにきょろきょろしながら、時雨は今一つ気乗りしない顔のまま、それらを受講した。

講義の後、学食で昼食を終えた一同は、そのまま学食でのグループトークに移行した。参加者五人と在校生二名が一つのテーブルを囲んで大学生活についての質問に答えてもらうというもので、汀一たちのグループの参加者は時雨と初対面の高二の女子が三人。そこに在校生側として、安川知華《やすかわともか》という三年生の女子と、大学院生の梅本博郎《うめもとひろお》の二人が加わった。

　二人の専攻はいずれも日本史、同じ研究室の先輩後輩とのことだったが、髪を鮮やかに染めていて服装も華やか、気さくで饒舌な知華に対し、梅本の方はもう見るからに覇気がなく、愛想も清潔感もなく、ただひたすらに陰気であった。

　ひょろっとした長身に退色したシャツを羽織り、履いているのはヒビの入ったゴム製サンダル。明らかにオシャレではなくただ切っていないだけの長い髪はボサボサで、古びた剃刀を使い続けているのだろう、剃り残したヒゲがやたらに多く、顔色は悪く姿勢も悪く、ついでに態度と滑舌も悪い。

「どうも、修士の二年の梅本です……。ってても、俺は数合わせで呼ばれただけなんで……。まあ、聞きたいことがあったら、こっちが全部答えてくれると思います……」

　陰気な声でぼそぼそと梅本は語り、「帰りてえ」と小声で付け足した。やる気を全く感じさせないその態度に、汀一たち高校生組は面食らい、隣の知華は「ちょっと！」と怒った。

「何で数合わせとか言っちゃうんですか先輩」

「だってそうじゃん。研究室に動員掛けられてるの、お前も知ってるだろ？　ボランティアって体のくせに、言われた人数出さなかったら予算減らされるっつう、クソみてえな仕組みじゃん」

「ピュアな高校生に変なこと教えない！　えーと、とりあえず私が答えますからね。何か質問ある？」

だるそうな梅本を一喝し、知華が高校生たちに向き直る。やや押しが強いが愛想のいい笑みを向けられ、汀一はひとまずほっとした。この人は隣の梅本なる大学院生より話が通じそうだし、大学の面白さも教えてくれそうだ。

……と、汀一はそう期待したのだが、ほどなくして知華は参加者の女子三人と大学生のメイクの話題で盛り上がり始めてしまった。男子にはハードルの高いテーマである。

結果、必然的に、汀一と時雨の男子コンビは同性の梅本と向き合うことになり、二人は梅本の想像以上のやる気のなさと話の下手さを痛感させられることになったのだった。

「あの……大学ってどうですか？　入って良かったって思ったことは」

「んー。まあ、普通だよ。合格した時はホッとしたけどね。俺、一浪したから」

「はあ……。あの、梅本さんって大学院生ですよね？　院まで進んだのって、やっぱ研究が好きだからですか？」

「どうなんだろうなあ……。つうか、院なんか行くもんじゃないよ。潰し効かないし。せっかく大学にまでやったのに人生棒に振るのかって親に泣かれたから」

「そ、それは……。でも、それだけのやり甲斐があるってことですよね？」

「人によるんじゃない？」

汀一が答えやすそうな質問を投げても、梅本はのらりくらりとネガティブな答を返すばかりだ。椅子の背もたれに体重を預け、「あー帰りてえ」と心の声をだだ洩れにする梅本の姿に、時雨は露骨に眉根を寄せ、汀一に「僕はこうなりたくない」と視線で訴えてくる。困り切った汀一は、もう開き直って正直に相談することにした。

「こいつ、おれの友達なんですけど、最近進学したくないって言いだしたんですよ」

隣の時雨を指差した汀一が言う。それを聞いた梅本は、少し興味を覚えたのか、それとも何となく反応しただけか、へえ、と相槌を打って時雨を見た。だらしなく伸びた前髪が目元まで隠しているので、その表情はよく見えない。

「進路決めてるの、君」

「ええ、まあ……。妖具しょ――いえその、職人を志しています。家が古道具屋で、古い道具の修理をよく請け負うんですが、その仕事を継ぎたいと思っていて……」

「古道具屋？　渋いし珍しいね。市内のお店？」

「ええ。ご存じないとは思いますが」

何で自分が説明する側に回っているんだ……という不満を隠そうともせず、時雨が渋々言葉を重ねる。梅本はぼんやり耳を傾けていたが、時雨が「主計町茶屋街の近くに昔からある店で」と口にした途端、「おい、待った！」と声をあげて割り込んだ。

今日初めて見せた能動的な言動で時雨と汀一を驚かせながら、身を乗り出した梅本が続ける。

「もしかして君んちって、暗がり坂の下にある店か？　鏡花記念館の向かいから、神社の脇の坂を下ってちょっと歩いたあたりにある、オカルトじみた怪しい事件を何でも解決してくれるって古道具屋？」

「はい？　いや、場所はそうですが、オカルトとか怪しい事件云々という話は……」

前髪越しの視線を向けられた時雨が眉をひそめて言葉を濁す。蔵借堂が妖具絡みの怪しい事件を調べたり丸く収めたりしているのは確かだが、初対面の相手に公言できることでもない。困った顔で黙り込む時雨に代わり、汀一が横から口を挟む。

「おれもその店でバイトしてるんですけど、そんな噂、誰から聞いたんです？」

「知り合いの高校生が、いつだったかそんなことを言ってたんだよ。君らと同じ学校かどうか知らないけど、『小春木』っていう、泉鏡花大好き男子。武家屋敷に住んでる万年着物人間で、明治か大正の文学青年がうっかりタイムスリップしてきて現代に順応して生きてるみたいなやつ」

「あー」

「あー」

汀一と時雨の納得する声が重なって響いた。もし小春木祐《ゆう》のことを知らなかったら、そんな面白い高校生がいてたまるかと呆れるところだが、いるのだから仕方ない。

「小春木さんならおれたちもよく知ってますが……梅本さん、どういう繋がりであの人と知り合ったんです？　年齢的に、中学の先輩とかでもないですよね」

「違う違う。そもそも俺金沢出身じゃないし。うちの図書館で知り合ったんだよ」

「大学図書館で、ということですか？」

「うん。うちの大学の図書館、手続きを踏めば学外の市民でも利用できるから。地域誌のコーナーでよく顔を合わせてて、何度目かに会った時、向こうから挨拶してきたんだよ。出くわしたら話すくらいの間柄で、別に親しいってわけじゃないけど……あ、そういや小春木のやつ、ここ推薦で受けるんだってな」

「へー、そうなんですか」

「ああ。小論文だか書道だかの賞を幾《いく》つも取ってるらしいし、あれは多分受かるよ」

「あの人そういうのは強そうですもんねー。一芸がない身には羨ましいです」

腕を組んだ梅本の言葉に汀一が笑顔で相槌を打つ。どんどん話題がずれていくことに呆れた時雨は、不本意そうに話を戻した。

「それで？　オカルトだとか怪しい事件だとか言っておられましたが、何かそういう出来事でもあったんですか？」

「そうそう、その話だ！　あったんだよこれが。つうか、あるんだよ。現在進行形で。専門家に頼む伝手もないし、そこまで害もないから放置してたけど、ここんとこエスカレートする一方でさ。どうにかしなきゃって思ってたとこなんだ。でも小春木の連絡先なんか聞いてないし……いやほんと、ここでプロの身内に会えたが百年目」

そう言って梅本は手を合わせ、向かいの席の時雨を拝んだ。さっきまでとは対照的な熱心さに、時雨がやれやれと嘆息する。

　今は大学生活についての質疑応答の時間で、あなたは回答役として参加しているはずなのに、自分から相談を持ち掛けるというのは逆ではなかろうか。

　と時雨は強く思ったし、汀一も同じくだったが、とは言えスルーするのも後味が悪い。仕方なく時雨が「何があったんです？」と話の先を促すと、梅本はテーブルに身を乗り出して小声を発した。

「恨めしい声が聞こえるんだ」

「声……？」

「ああ。でもそれだけじゃなくてな。あ、俺、今、県の歴史博物館で共同研究をやってるんだ。博物館の資料や機器を使って大学と館が一緒に研究を……っと」

　そこでふいに梅本は話を区切り、我に返ったようにまわりを見た。同じテーブルの女子グループが自分に怪訝な目を向けていることに気付いたのである。在校生代表である院生が、大きく身を乗り出して高校生たちに小声で何かを相談しているのだから、怪しまれるのも無理はない。

「あの……何やってるんです、梅本先輩？」

　梅本の後輩の知華が眉根を寄せて訝しむ。見据えられた梅本は無言でスーッと自席に戻り、その上で時雨たちに小声で告げた。

「ここではちょっと話しづらいから、また後日ってことでいいかな？　明日……いや、明後日の午後にでも、歴史博物館に来てくれると助かる。受付には、オーキャンの一環で高校生が実習に来るとか何とか言っておくから……あ、歴博の場所分かる?」

「分かりますけど……」

むげに断るわけにもいかず、おずおずうなずく時雨である。そうこうしているうちに質疑応答タイムは終了し、かくして「時雨に大学生活の有意義さを教える」という汀一の目的は全く達成されないまま、汀一たちは大学を後にしたのだった。

＊＊＊

オープンキャンパスの翌々日の昼下がり、汀一と時雨は連れ立って県立の歴史博物館へ向かった。

件の歴史博物館は、金沢城から見て南東、石浦神社《いしうらじんじゃ》の横の坂を上った先にある。勾配のきつい坂を木漏れ日を浴びながら上りきると、芝生の敷かれた広場のベンチで、和装の少年が文庫本を読んでいた。

「あ、小春木さん。こんにちは」

「これはこれは。本日はお誘いありがとうございます。いいお天気で何よりで……」

立ち上がった少年が礼儀正しく一礼する。

身長百七十センチ余り。灰色の着物姿で丸眼鏡を掛け、長く伸ばした髪は襟首のところで縛っている。汀一たちの知人にして亜香里と同じ高校の先輩、人と書物の精の間に生まれた少年、小春木祐である。

今日ここに祐がいるのは、汀一が声を掛けたからだ。梅本との共通の知り合いだからという理由もあるが、こと妖具や妖怪絡みの事件では、祐がいる方が心強いのだ。

書物の精の血を引く祐は、相対した妖怪の名前や素性を瞬時に把握できる目と、そうして知った情報を記述することで対象を紙面に封じ込める力を持っている。この力は、設定が漠然としていて固定されていない妖怪や情報が異様に多い妖怪、または名前すら付けられていないマイナーな妖怪などには通じないものの、かなり強いのは間違いない。

何より、テンパりやすい汀一や時雨にしてみれば、博識な上に常に余裕がある祐はいてくれるだけで安心できる。無論、梅本にも祐を呼ぶことは伝えてある。

着流しに夏物の羽織という涼しげな出で立ちの祐は、汀一から梅本に会ったという話を聞くと、嬉しそうにうなずいた。

「梅本さんも相変わらずのようですね。彼の印象はいかがでしたか？　絵に描いたような、いかにもな大学生だったでしょう」

「え。小春木さん的に大学生ってああいうイメージなんですか？」

「はい。ただし、一昔前の、ですが。あの人のような学生は今時貴重ですよ」

「いつでも着物の男子高校生もかなり今時貴重だと思いますけどね……」

遠い目をした祐を前に、汀一が素直な感想を口にする。いつでも着物の男子高校生である祐は「それは確かに」と笑顔で納得し、時雨に向き直って問いかけた。

「濡神くん、オープンキャンパスはいかがでした？」

「え？　ええ、まあ……」

「こいつ大学行くの乗り気じゃないんですよ。せっかく成績いいのに、僕は蔵借堂の職人になるんだーって」

気まずそうに言葉を濁す時雨を指差して汀一が呆れた声で言う。

と、それを聞いた祐は「ほう……」とだけつぶやき、クラシカルな丸眼鏡の奥の目を少し細めた。

日くありげなそのリアクションに時雨は軽く首を傾げたが、祐はその話題をそれ以上広げようとはせず、広場の奥へと歩き始めた。汀一たちがそれを追う。

この一帯には、歴史博物館だけでなく、美術館や工芸館などの展示施設が集中している。一番手前にある武骨で平たい建物が県立の美術館で、その隣のモダンな二階建てが国立の工芸館、そして一番奥、三棟立てのレンガ造りの建物が目指す歴史博物館だ。先を行く祐が振り返って二人に尋ねる。

「市内育ちの濡神くんにとっては昔から見知った場所だと思いますが、葛城くんはこのあたりに来たことは？」

「一応どこも一回くらい……。あ、でも、美術館のカフェはケーキセット目当てで何回か来ましたよ。高いけど美味しいんですよね」

「美術品を見に来いよ」

「一応申し訳ないとは思ってるんだよ。てか時雨、このへんって、地元民的には懐かしい場所なの？」

「まあな。幼稚園や小学校でよく来るんだ」

「あー、なるほど。街中からだとちょっとした遠足くらいの距離だもんね」

「小学校の写生大会でもおなじみですね。歴史博物館の煉瓦《れんが》を一個ずつ塗っているうちに日が暮れてしまって描き終えられないというのは、地元民あるあるの一つです」

懐かしいなあという顔で祐が煉瓦造りの博物館をしげしげと見る。その後ろで汀一が小声で「あるあるなの？」と聞くと、時雨は軽く眉をひそめ「人によると思う」と小声で答えた。だろうなと内心でつぶやく汀一である。祐は物知りだし頭も回るが、どうも天然なところがある。そんなことを思っていると、ふと祐は足を止め、汀一に向き直った。

「小学校と言えば……葛城くん、先の五月に訪れた長町の小学校を覚えていますか？」

「長町の？　ああ、あの頭が尖ったでかい妖怪が出た学校ですか」

「そうですそうです。『目が四つで頭三角の大化物』です」

「何の話だ？」

嬉しそうに祐がうなずき、対照的に時雨は軽く首を傾げた。時雨が知らないのも無理はない。蔵借堂にまだカワウソの小抓が居着いており、時雨がいなかった時期、汀一たちは祐の母校でもあるその小学校に妖怪の噂を確かめに行き、巨体の妖怪に追いかけられたことがあるのだ。汀一はそのことを時雨に簡単に説明し、その上で祐に問いかけた。

「で、あそこがどうかしたんですか？」

「いよいよ工事が始まりましたね」

「工事……？」

「長町の小学校の移転工事のことなら、広報にも新聞にも載っていただろう」

　呆れ顔で時雨が言う。今度は時雨が汀一に解説する番だった。

　汀一は知らなかったが、あの小学校は既に新設校舎への移転が決まっており、今の校舎が使われるのは今年の一学期までだったらしい。それを聞いた祐は「そうなのですよ」と柔和な笑顔で相槌を打ったが、その表情は汀一にはどことなく寂しそうに見えた。

「おれは転校してばっかりだったから、母校がどうっての、あんまりよく分からないんですけど……小春木さん的には、やっぱり辛いものなんですか」

「辛いというほどでもないですが……まあ、心が華やぐというわけにはいきませんね。あの学校は、六年間通っただけでなく、毎日見ていた風景でもあるわけで。そんな建物がフェンスで仕切られてしまっているのを見るのは、物悲しくはあります」

「そっか。そうですよね……」

　長町の方向に目をやる祐の隣で、汀一は静かな声でうなずいた。しんみりとした空気の中、時雨がじろりと汀一を見る。

「なぜ汀一まで感慨深くなっているんだ？　君にとっては、妖怪に追いかけられた思い出しかない場所だろう」

「そりゃそうだけどさ」

そこで一旦言葉を区切り、江一は石浦神社を囲む林に視線を向けた。このあたりは高台なので、林の木立越しに金沢の街並が見下ろせる。美術館や神社や城を眺めながら江一は続けた。

「おれさ、金沢みたいな古い町って、何となく、ずーっとそのままなんだと思ってたんだよ。でも、割とどんどん変わってくもんなんだな」

「それは当然だろう。人が住んでいるんだから」

「ですね。……足を止めてしまってすみません。行きましょうか。梅本さんをあまり待たせるわけにもいきませんし」

時雨の真面目な相槌に続き、祐が肩をすくめて苦笑する。祐に促された二人は顔を見合わせ、三人はぞろぞろと歩き出した。

博物館に近づくと、入り口前に掲げられた特別展示のポスターが目に入る。「前田家伝来の具足展」というタイトルの下に、赤黒の厳めしい鎧《よろい》や兜《かぶと》の写真が並んでいるのを見て汀一がしみじみと感心した。

「さすが伝統ある城下町。展示の内容もそれっぽいですね」

「まあ、前田家と金沢は切っても切れない縁ですからね。もっとも、この館の見所はそればかりでもないんですが……。鏡花好きとしては近現代コーナーが楽しいですし、あと、半妖怪としては、県内の祭礼コーナーも見逃せません。生贄《いけにえ》を求めて退治された妖怪の遺品が展示されているんですよ」

「え！　本物ですか？」

「そんなわけないだろう。ですよね小春木さん」

「そう思うでしょう？　ですがぼくの見立てでは、一概にそうとも言い切れなくて」

そんなことを言いながら祐が自動ドアをくぐり、汀一たちもそれに続く。

三人が窓口で用件を伝えると、ほどなくして梅本が現れた。ヨレヨレのTシャツにジーンズにサンダルという出で立ちの梅本は、挨拶やお礼もそこそこに、「ともかくこっちへ」と手招きをして歩き出した。


梅本が三人を案内した先は、博物館の一番奥、第三棟の三階にある作業室だった。

部屋の広さは十畳ほどで、中には誰もおらず、エアコンの音だけが響いていた。壁際には背の高いスチール製の棚が並び、その間には作業用の長机とパイプ椅子。長机の上には、年季を感じさせる兜や刀の鍔などの武具が、「作業中」「収蔵庫に戻さない事」と書かれた大きなメモとともに並んでいた。

「静かなところなんですね……。他のスタッフの人はいないんですか？」

「事務室や研究室は第二棟で、そっちにみんな常駐してる。でも収蔵庫はこっちの棟にあるから、いちいち運ぶのめんどいし……そのへんのものには触らないでくれよ」

物珍しさにあたりを見回す高校生たちに梅本はそう言って釘を刺し、棚の一角から灰色のプラスチックのケースを引っ張り出した。

「よいしょ。おかしなことが起こる原因は、多分これだと思うんだ」

　梅本が空いている机の上にケースを置き、汀一たちがどれどれと覗き込む。

　広くて浅くて丈夫そうなケースに収められているのは、欠けた皿や土器の破片、黒ずんだ鉄の釜、幾つかの木簡や木片などだった。すぐそこに置かれている兜や刀の鍔に比べるとどうにも地味なラインナップだな、と汀一は思い、眉をひそめる時雨に尋ねた。

「どう時雨？　怪しい？」

「うーん……。不穏な気配もなくはないが、これくらい古いものとなると、そういった気配はない方が不自然だからな……。これはどういう由来のものなのです？」

「ちょっと前、手取川《てどりがわ》の河口の工事現場で見つかった遺物だよ。まだちゃんと調べられてないけど、十五、六世紀頃のものだと思う。木簡の記述からして、どこかの城で使われていたものみたいだね」

「なるほど。珍しい出土品なのですか？」

「全然。どれも、この時代の遺跡からいくらでも出るものばかりだよ。同類の史料はこの館の収蔵庫にも山のようにある。なのに、まさかあんなことが起こるなんて……」

「ちょっとすみません。その『あんなこと』というのは？　そもそも何が起こっているのか、僕らは具体的なことをまだ何も聞かされていないのですが……」

　おずおずと問いかけた時雨が汀一や祐に視線で「ですよね」と同意を求めてくる。汀一たちがうなずくと、梅本はきょとんとした顔で「そうだっけ？」とつぶやき、改めて事情を説明した。

　ここ最近は、ずっとこの部屋に入り浸り、出土史料の実測を続けているのだ、と梅本は語った。ここで言う実測とは、発掘報告書に載せるために出土品の詳細を書き記す作業のことだ。長さや厚さ、それに細かい文様まで、一つ一つ手で測って手で描くのだと聞き、汀一は驚いた。

「全部手作業なんですか？　そういうのって、幾つかの方向から写真を撮って、機械でスキャンすればそれで終わるものかとばかり」

「機械的な記録もするけど、土器の文様なんかは写真でもスキャンでも把握しづらいんだよ。人間が見る報告書なんだから、人間の目と手を通すのが結局一番いいんだよな」

　縄目紋様が刻まれた須恵器《すえき》を持ち上げながら梅本が語り、それを聞いた時雨は「なるほど……」と深くうなずいた。職人を目指す身としては感じ入るところがあったようだ。ともかく、と梅本が話を戻す。

「そういうわけで、毎日遅くまで、ここで一人で作業してるんだけどさ。夜遅くなってくると聞こえてくるんだよ。どこからともなく、恨みがましい声が……！」

「どういった内容のものですか？」

「分からない。言葉じゃないんだよ。ただのうめき声なんだ。男なのか女なのかも、大人なのか子供なのかもよく分からないけど、誰かをめちゃくちゃ恨んでることだけははっきり伝わってくる……。そんな声が、妙に近くから聞こえてくるんだ。最初は、疲れからくる幻聴だと思ってスルーしてたんだけど」

「そんな幻聴が聞こえるほど疲れてるなら、それはそれで問題なのでは」

他人事のような梅本の語りに汀一が思わず口を挟む。時雨と祐は無言で同意したが、当の梅本は「まあ研究者にはよくあることだから」とスルーした。

自分の身の危険にかかわる問題だからだろう、梅本の態度はオープンキャンパスの時よりは切実だったが、だとしても無気力感が漂っているのは否めない。この人は何かに熱くなることがあるんだろうかと思いつつ、汀一は梅本の話に耳を傾けた。

「で、似たような声は、他の職員も聞いたことがあるみたいでさ。それだけで済めばまだよかったんだけど、物理的な被害も出るようになってきてね……。作業してたらいきなり椅子から引き倒されたり、他の遺物が飛んだり」

「飛ぶと言うと？」

「そのままの意味だよ。ほら、そこに刀の鍔とか兜が置いてあるだろ？　あれがふわっと宙に浮いたかと思うと、床に落ちるんだ。『落ちた』っつうより『叩きつけた』って感じで、ぞっとしたよ。俺、オカルトは信じてなかったけど、それを見た時、さすがにこれはちょっとおかしいぞと思ってね」

「結構前からかなりおかしかった気もしますが……。それで、原因の心当たりは？」

顔をしかめた時雨が尋ねる。問われた梅本は「素人の勘だけど」と前置きし、木簡の下に隠れていた十センチほどの遺物を取り出した。

「これが一番怪しいと俺は思う」

梅本がそう言って机の上に置いたのは、木製の小ぶりな人形《ひとがた》であった。

頭の一部と右足の先端は欠損していたが、人間を象ったものであることは一目で分かる。顔部分の中心には釘を打ち付けたような穴が開き、胴体部分には「井」か「＃」のような記号が墨で描かれていた。

おそらく意図的に傷つけられた人の形をした物体というものは、本能的に不安を誘う。

汀一は丑《うし》の刻参《こくまい》りの藁人形を連想して眉をひそめ、一方、祐は興味深げに目を細めた。

「頭部に穴の開いた木製の人形……。呪詛《じゅそ》用のものですか？」

「おそらくね。この手の遺物は古代が全盛期で中世には減るんだけど、十五世紀頃にあっても別におかしくはない。人間はいつでも他人を呪う生き物だからね。俺の見立てだと、これは間違いなく呪具で、こいつに込められた呪いだか怨念だかが悪さをしてるんじゃないかと思ってるんだけど……どう思う、君」

「え、おれですか？　いや、おれはこの中で一番素人なので……。どうなの時雨」

「うーん……。確かに怪しいが……。呪具であるのは間違いないし、念が込められた形跡もあるものの、悪さをするほどかと言われると……。夜になると覚醒するのか？」

腕を組んだ時雨は首を傾げ、「どうでしょう」と祐に意見を求めた。妖怪の本質を見抜いてしまう目の持ち主である少年は、思案するように沈黙し、ややあって顎に手を当てて口を開いた。

「……そうですね。ぼくも濡神くんと同意見です。怪しい気配がないわけではないですが、それ以上のことは分かりません。妖具として覚醒していない状態なのでしょう」

「なるほど……。では、小春木さんの力を借りることはできませんね」

「そうですね。ぼくの場合、相手の名前が分からないとどうしようもないですし、第一、これは博物館の資料ですから。封じてしまうわけにもいきません」

「確かに……」

「あのさ。さっきから気になってたけど、小春木もその手のプロなの？」

祐と時雨のやりとりに梅本が割り込んで問いかける。祐は「齧《かじ》った程度のものですよ」と謙遜し、体ごと時雨に向き直って肩をすくめた。

「残念ながら、今回はぼくはお役に立てないようです。ここはおとなしく降参し、妖具のプロに任せようと思います」

そう言って祐は申し訳なさそうに眉尻を下げ、「お任せします」と手ぶりで示した。

祐の言っていることに不思議はないが、その口ぶりや表情は、なぜかあまり残念ではなさそうにも見え、汀一は軽く首を傾げた。

＊　＊　＊

こうして、この一件は時雨が引き受けることとなった。

ずっと博物館で人形を睨んでいても埒《らち》が明かないので、時雨は梅本から件の人形を借り受け、蔵借堂に帰ることにした。祐とは博物館前で別れたが、汀一は店番のバイトがあるので、時雨と一緒に蔵借堂へ向かった。

日暮れ時の客のいない売り場のカウンターで、時雨が薄っぺらい人形を持ち上げて蛍光灯にかざしていると、少し離れたところに座った汀一が不安そうな声を発した。

「あのさ、時雨。今さらだけど、それ持って帰ってきちゃって大丈夫？　祟られたりしないよね……？」

「だから、そういう不穏な気配はないと言っているだろう。何かしらの力は感じるが、呪いや祟りといったネガティブなものではなさそうだし……。大丈夫だろう。多分」

「多分って。それのせいでおかしなことが起きてるわけだろ？」

「それはそうなんだが……。そのあたりの違和感も含めて、蒼十郎さんに鑑定してもらうつもりだったがな」

「あいにくお出かけ中、と。北四方木さん、北海道から帰ってきて以来、ずっと忙しそうだよね。持ち帰ってきた荷物も積んだままだし……。そう言えばあの荷物、売り場とか物置に運ばなくていいの？　運ぶくらいならやるよ、おれ」

工房へ通じる廊下を見やって汀一がそう言うと、時雨は「やめておけ」と頭を振った。

「工房に山と積まれた木箱の中身はいずれも、扱いの難しい危険な妖具だ。しかも、これまで扱ってきた妖具とは別の文化圏のものだから、特性もよく分かっていないものが多い。危険性を調べた上で、ゆっくりと時間を掛けて鎮《しず》めてやらないといけないから、くれぐれも迂闊《うかつ》に触るな……と、昨日言われた」

「また怖いもの持ち帰ってきたんだね……。まあ、そういうのが集まるお店ってことは知ってるけどさ。今日は呪いの人形まで来ちゃったし」

時雨の持つ人形に汀一が怯えた目線を向ける。軽く身を引いてみせる汀一を見て、時雨は呆れた声を漏らした。

「怖がりすぎだぞ。もうそろそろ妖具絡みの事件には慣れただろう」

「慣れても怖いものは怖いんだよ！　特に人形にはちょっとトラウマがあって」

「あー、雛人形ね」

苦笑しながら相槌を打ったのは、カウンターの向かい側でスマホをいじっていた亜香里である。カフェのバイト用のエプロンを身に着けた亜香里は「あの時はありがとね」と汀一に笑いかけた後、眉をひそめっぱなしの時雨に顔を向けて手を伸ばした。

「それ、ちょっと見てもいい？」

「構わないが、壊すなよ」

「気を付けてね亜香里！　もしかして呪われるかも……！」

「大丈夫だって。わたしも妖気は感じないし。どれどれ、ふむふむ……。ね、時雨。これ、なんて書いてあるの？　シャープじゃないよね。『井戸』の『井』？」

「そうかもしれないし、そもそも字ではないかもしれない。意味は僕も分からない」

「ふーん……」

穴の開いた人形を亜香里がしげしげと眺め、それを汀一が心底不安そうに見守り、時雨が腕を組んで溜息を吐く。と、その時、入り口の格子戸が開き、オレンジ色の夕日とともに、道具箱を下げた作務衣姿の偉丈夫《いじょうふ》が姿を現した。蒼十郎である。

「ただいま――」

「お帰りなさい！」

時雨が勢いよく立ち上がり、亜香里と汀一が「待ってました」と言いたげな視線を向ける。三人の高校生に見つめられ、ベテラン妖具職人は怪訝な顔で立ち止まった。

「……なるほど。いきさつは分かったが……」

時雨たちから事情を聞いた蒼十郎は、そこで一旦言葉を区切り、元々細い目をさらに細めて人形を見た。

「これは確かに呪具ではある。だが、俺の見立てでは、ここに込められたものは呪詛ではないぞ。むしろこれは、呪詛を封じるための道具に見える」

「呪詛を封じる……？」

時雨が戸惑った声を漏らす。売り場から店の奥へと続く上がりかまちに腰を下ろした蒼十郎は、こくりと首肯し、驚いた顔の弟子を見返した。

「そもそも呪具としての人形は、今でこそ、丑の刻参りの藁人形のように『他者を害する呪いに使われるもの』という印象が強いが、その側面が強まったのは近世以降。古代から中世にかけての人形は、穢れを祓い、邪悪なものを遠ざけるために使われることの方が多かったはずだ。それに、この記号――」

そう言って蒼十郎は人形を示し、「井」のような墨跡を指差した。

「これは『ドーマン』。九字が省略されたものだ」

「ええっ!?」

時雨が驚いた声が店内に響く。どうやら時雨的には驚愕の事実を告げられたようだが、汀一には専門用語が分からない。汀一はこそこそと亜香里に小声で尋ねた。

「『ドーマン』とか『九字』って何?」

「え、わたしに聞くの? 確か、どっちも陰陽道《おんみようどう》のおまじないだよ。ドーマンは模様のことで、格子みたいな形のやつ。九字は呪文ね。『臨《りん》・兵《ぴよう》・闘《とう》・者《しや》・皆《かい》・陣《じん》・列《れつ》・在《ざい》・前《ぜん》』って聞いたことない?」

「あー、忍者がやってるやつか。そうなの時雨?」

「ああ。九本の直線を垂直に交わらせた紋様のことを九字またはドーマンと言い、魔除けを示すんだ。しかしこの人形に描かれているものは……」

「……線、四本しかなくない?」

「五本足りないよね」

　汀一がぼそっと口にした疑問に亜香里がうなずき、時雨がさらに眉をひそめる。三人が同時に視線を向けた先で、人形を手にした蒼十郎は「気持ちは分かるが」と口を開いた。

「これは簡略化されたドーマンなんだ。複数の線を垂直に組み合わせればそれでいいという発想なのか、はたまた一本の線に複数の意味を込めているのか……、成立過程は俺も知らないが、奈良から平安期にかけて用いられた魔除けのシンボルであるのは確かだ。この紋様が記された墨書《ぼくしょ》土器は金沢の遺跡からも多く出土している」

「そうだったんですね……。すみません、勉強不足でした」

「まあ、教科書に載っているような話でもないからな。知らないのも無理はない」

肩を落とす時雨に蒼十郎が優しく語りかける。師弟らしい光景に汀一は少しほっこりしたが、そこに亜香里が「ちょっと待って」と割り込んだ。

「実際、博物館では変なことが起こってるんだよね？　でも、その原因だと思われてた人形は魔除けのお守りで、呪いや祟りの原因じゃなかった。ってことは」

「そうだ。原因は他にあると考えられる。時雨、これと一緒に見つかった出土品には他に何があった？」

「ええと確か、土器に木簡、それに鉄釜……あっ！」

　蒼十郎の問いに答えていた時雨の声がふいに途切れ、その顔がどんどん青ざめていく。釜がどうかしたのだろうか？　だが汀一がそれを尋ねる前に、時雨は息を呑み、次の言葉を口にした。

「まさか……釜妖神《かまようじん》……！」

「──神主様河道《かんぬしさまかどう》か」

蒼白になった時雨の声に、蒼十郎が真剣な顔で相槌を打つ。聞き慣れない名前を並べられ、汀一は再度亜香里に尋ねた。

「今のって妖怪の名前？」

「だから何でわたしに聞くの？」

「き、聞きやすいからだけど……。亜香里は知らないの？」

「何かで読んだことがあるような、ないようなな……。時雨、釜妖神って、昔話に出てくる釜のお化けだっけ」

「それだ。水中に潜む釜の妖怪で、粗末に扱われて汚れた釜が、怒りに任せて入水して妖怪化したものとされている。怪しい音を出して近づくものを怯えさせ、近くを遊泳する子供を溺死させることもあったという。古い記録では名前はなく、『神主様河道という土地に出る』としか記されていないが、民話集だと『釜妖神』の名になっているんだ。そうですよね蒼十郎さん」

「ああ。もっとも、粗末に扱われて云々というのは後付けの設定らしいが……。古来、容器や器は強力な妖具になりやすいんだ。器というのは溜め込むための道具だから、祈りや願いも溜め込んでしまう。そういう思念に感応すると器が妖怪になるわけだ。先日来ていたニライ、彼もいわば一種の神器……器だろう？　そして釜というのは、閉じ込めたものを煮詰める道具。溜めたものを純化させる性質がある。何かしらの強い思いを詰め込まれた釜が妖具と化し、人を襲うようになったのだろう」

　時雨の解説を受けた蒼十郎が丁寧に補足する。その説明に汀一は亜香里と顔を見合わせ、一方、時雨は神妙な顔で蒼十郎に尋ねた。

「つまり蒼十郎さんは、怪現象の原因は、出土品の中にあった釜だと……？」

「可能性はあるとは思う。博物館で起こっているという変事……聞いた者を怯えさせる恨めしい音も、ものを持ち上げたり落としたりする念力も、いずれも釜妖神の特性だ。そして一緒に出土した人形に記されているのは、呪詛ではなく魔除けのドーマン。つまり」

「あっ！　まさか、その人形は、釜妖神を抑え込むための――」

「……そう考えると筋が通るのは確かだ。発掘された時点ではなく、博物館に持ち込まれてから騒ぎを起こすようになった理由は分からないが、鎮静化していた釜が、何かのきっかけで妖具として再び覚醒してしまったのかもしれないな」

「なるほど……！　さすが蒼十郎さん」

「へー。そういうこともあるんですね……って！　いや、だったら、この人形だけ持ってきたらダメなんじゃないの!?」

　得心した時雨の隣で汀一が息を呑む。それを聞いた時雨は慌てて梅本に電話を掛けたが、スマホからは虚《むな》しく呼び出し音が鳴るばかりで、梅本が出る気配はまるでなかった。

時雨と汀一、そして「ここまで聞いちゃったらほっとけないよ」という理由で同行した亜香里の三人が、タクシーで歴史博物館に着いた時には、もう日は落ち切っていた。

タクシー代は、蒼十郎が「念のため見てきた方がいい。俺はこの後用事があるから一緒に行けないが、何かあったら連絡しろ」と言って出してくれたものだ。

閉館時間はとっくに過ぎていたが、通用口で梅本の名前を出すとあっさり中に入れたので、汀一たちはまっすぐ第三棟へ向かった。開館中でも静かな第三棟は、閉館後だといっそう静まりかえっていて不気味だったが、薄暗い階段を上って三階に着くと、廊下の奥の作業室から騒がしい音が聞こえてきた。

大型乾燥機を回している時のような激しい音が絶え間なく響き、それに交じって梅本らしき男の悲鳴も聞こえる。顔を見合わせた三人は慌てて作業室に飛び込み、そして驚いて立ち止まった。

「な、何これ？　凄い風……！」

「下がれ、汀一！」

とっさに前に出た時雨が愛用の傘を広げた。盾のように掲げられた傘が妖気の壁をまとい、部屋の中から噴き出す黒い暴風を遮断する。亜香里ともどもその後ろに隠れた汀一は、こわごわと作業室の中を覗き込んだ。

　そう広くもない部屋の中では大型台風のような暴風が吹き荒れており、実測中だった遺物やそれらを入れるプラスチックケースなどが宙に舞い、作業台やスチール棚はガタガタと激しく振動している。そんな中、梅本は部屋の隅で頭を抱え、縮こまって震えていた。

「ひ、ひいい……！」

　か細い悲鳴が風の音に交じって響く。とても屋内とは思えない有様の部屋の中央では、古びた釜が床の上に陣取り、ブルブルと震えながら真っ黒な煙と風を吐き出していた。

「凄い妖気……！」と亜香里が絶句し、その隣で汀一が叫ぶ。

「時雨！　あれだよ！　原因は絶対あの釜だ！」

「見れば分かる！　早く人形を出せ！」

「あ、そっか」

　時雨に言われた汀一が慌ててポケットから例の人形を取り出した。それを見せつけるようにかざすと、釜の震えが少し収まった。

　同時に煙の量も減り、吹き荒れていた風が弱くなる。飛び交っていた遺物が床にガチャガチャと落下する中、時雨は意を決して部屋に飛び込んだ。

「鎮まれ、釜妖神！」

　時雨がそう叫ぶなり、その手元の洋傘がクラゲかイソギンチャクのように蠢《うごめ》き、勢い良く裏返る。じょうご状に裏返った傘を時雨が床の上の釜に被せると、暴風は止み、部屋はようやく静かになった。

「とりあえずは収まったか……。梅本さん、大丈夫でしたか？　実は、事件の原因は人形ではなくて釜だったようで」

「それはよく分かったよ……。人形は魔除けで、釜を抑えてたんだろ？　あー、死ぬかと思った……」

時雨の言葉を受けた梅本が青白い顔を上げる。おずおずと立ち上がった梅本は、汀一の隣に立つ知らない女子を見て首を傾げた。

「君は……？　どっかで会ったっけ？　俺、人の顔覚えるの苦手で」

「安心してください。初対面です。わたしは向井崎亜香里。この子たちの友達で、小春木先輩の後輩です。初めまして」

「ああ、それはそれは。どういたしまし――」

「うおっ!?」

亜香里に挨拶を返していた梅本の声を、唐突な時雨の叫びが断ち切った。どうしたの、と汀一に聞かれ、時雨は、傘で床の上の釜を封じた姿勢のまま冷や汗を流した。

「凄い力だ……！　妖力の底がまるで見えない……！」

「どういうこと？」

「ひとまず妖力を根こそぎ吸ってただの釜に戻すつもりだったが、溜め込まれた恨みの念の桁が違う……！　こんな量も強さも想定外だ！　魔除けの人形が離れたことでタガが外れたんだろうが、こんなもの、僕ではとても扱いきれない……！　ここまで来ると、もう人形では制御できないし、今はどうにか抑えているが、いつまで持つか」

「え？　ど、どうする？　どうしよう？　蒼十郎さんか小春木さん呼ぶ？」

「そうしてくれると助かるが……正直、救援が来るまで持たないと思う」

「そんな……！」

　傘をにぎった時雨の手がガクガクと震え始め、それを見た汀一が青ざめる。困り切った顔の汀一に視線で意見を求められ、亜香里は慌てて口を開いた。

「え、えーと……恨みの念ってことは、要するに何か強い思いが込められてて、その思いが力の源になってるんだよね？　だったらその恨みを解消するとか、もう大丈夫だよって説得するのはどう？　ほら、雛人形の時みたいに」

「なるほど！　さすが亜香里！　……で、何を恨んでるの、こいつ」

「わたしに聞かれても知らないよ！　梅本さん、この釜、何を恨んでると思いますか？　心当たりがあれば教えてください」

「は？　釜が？　恨む……？　生き物でも何でもない鉄の塊が……？」

「そこに疑問を感じるのは分かりますけど、とりあえずスルーしてください！　何かをしつこく狙うとか、何かが近づいたら怒るとか、そういうのないですか？」

　怪訝な顔の梅本に汀一が詰め寄る。理解が全く追い付かない梅本は、面食らった顔で視線を彷徨わせたが、その視線が転がった刀の鍔や兜の上でぴたりと静止した。よほど強い力で床に叩きつけられたのだろう、ヒビが入ってしまっているそれらを見ながら、梅本が大きく顔をしかめる。

「……そういや、おかしなことが起こり始めたのは、武具が部屋に来てからだな」

「武具が部屋に？　つまり釜は先にこの部屋にあって、後から鍔や兜を持ちこんだわけですか？」

「そうだよ。それまでも、この部屋で農具や仏具を実測したり写真撮ったりしてたけど、その頃は何も起きてなかったな」

「だとすると、原因は武具？　武器……あるいはその持ち主である侍が嫌い、ということでしょうか？　しかし理由としては漠然としすぎているような……。説得するにせよ、もう少し具体的な理由がないと」

「――待った」

　時雨の漏らした疑問を梅本が不意に遮った。そろそろ限界なのだろう、床に伏せた傘を持つ手を激しく震わせる時雨を前に、覇気に欠けていたはずの大学院生は、誰も何も言っていないにもかかわらず「待てよ」と繰り返し、ややあって大きな声を発した。

「そうか……そういうことか、もしかして……！　うん、だとしたら話が繋がってくる……！　ありがとう、おかげで助かった！」

「は？　いや、まだ何も解決していないんですが……！　何か分かったんですか？」

「多分ね。先にも言った通り、この釜は多分十五、六世紀のもので、出土したのは手取川の河口だ。手取川には大日川《だいにちがわ》が流れ込んでいるわけで、その時代の大日川沿いには何がある？　そう、鳥越城《とりごえじょう》だよ！　一向一揆《いっこういっき》の最後の拠点になった城だ」

　突然元気になった梅本が、部屋の中を歩き回りながら口早に言葉を重ねていく。いきなり始まった長広舌《ちょうこうぜつ》で高校生たちを困惑させながら、梅本は「そうだ」と自答した。

「金沢は今でこそ城下町として知られているが、ここ、加賀は、前田家が入ってくる前は一向宗が治めた百姓の国だった。団結した百姓たちは一四八八年に加賀国の守護を攻め滅ぼし、『百姓ノ持《もち》タル国』『一揆国』などと呼ばれるこの時代は一世紀近くも続いたんだ。日本史において画期的な出来事だ」

　拳を握った梅本が力強く言い切る。「よく喋る人だね」と亜香里がつぶやき、汀一は「おれもびっくりしてる」と小声で応じた。

　どうやらこの梅本、基本は無気力だが、自分の研究分野についてはちゃんと熱くなれる性格の持ち主のようだ。三人が見つめる先で、梅本は自問自答とも独白とも講義ともつかない調子で先を続けた。

「無論百姓たちが百パーセント正しかったというわけじゃない。宗教的な一体感のもたらす危うさは言うまでもないし、その他の問題点や課題も多く指摘されてはいるが、英雄個人や家柄に依拠しない体制を作り上げ、それを一世紀も持続させたことは充分評価に値するわけで――あ、そうそう、俺の専攻はこのへんの政治体制なんだけど、先行研究が少なくて難儀していて、それはともかくこの体制は一五八〇年、織田信長の配下の柴田勝家が百姓たちの本拠地だった金沢御堂を陥落させたことで終わりを告げる。以後、加賀は武士の支配権に組み込まれ、一五八一年には前田利家《としいえ》が信長に能登《のと》を与えられて、これをきっかけに金沢は城下町として発展を」

「そのあたりの歴史は知っていますが結論を早くお願いします！」

悲痛な声で時雨が叫んだ。語りを遮られた梅本はもっと話したそうな顔をしたが、時雨が「もう本当に限界なので！」と言い足すと、渋々ながらうなずき、続けた。

「……要するにその釜は、一揆勢が最後に立てこもった城で使われていたものなんだと思う。当時の戦では実用品の略奪は当たり前だ。城を攻め落とした武士の誰かが戦利品として持ち帰ろうとしたものの、一揆勢の恨みの念を溜め込んだ釜が妖怪になって暴れたもんで、魔除けの人形で封じられたんだろう。だけどその恨みは昇華されることなくくすぶり続けていて、武士の道具が同じ部屋に持ち込まれたことで恨みを思い出して暴れた……と、俺はそう考えるんだが、どうだろう」

「僕に言われても……。釜に直接話しかけてもらえますか？」

「……釜に？　いやしかし、同じ日本語とは言え、当時と今ではイントネーションが全然違うはずだけど……。通じないのでは？」

「大丈夫です！　大事なのは思いですから、言葉に込めた心はそのまま伝わります」

「心って、またそんなファンタジーみたいなことを」

「……いやあの、それを言うならもう充分ファンタジーだと思いますけど」

　横で見ていた汀一がおずおずと口を挟む。梅本はそれもそうだと納得したようで、時雨が伏せた傘の手前にしゃがみ込み、「人と話すのも苦手なのになあ……」と前置きした上で口を開いた。

「えーと……多分、あなたは……あなたたちは、かな？　百姓衆の恨みなんですよね。だったら、怒るのはよく分かります。本拠地だった金沢御堂は奪われて金沢城にされちゃって、あなたたちは力任せに攻め滅ぼされ、生き残った人たちは入ってきた武士にこき使われて……。そりゃ怒りますよ、人だったら」

　訥々《とつとつ》とした梅本の語りが夜の作業室に響く。汀一や亜香里が見守る先で、傘を押さえていた時雨がはっと小さく息を呑んだ。

「釜の怒りが収まってきた……！　続けてください、梅本さん！」

「いや、続けろって言われても、これ以上何を言えと」

「お任せします！　専門家だったら、僕たちより釜妖神の……いや、そこに念を込めた人たちの思いが分かるはずでしょう？」

「そう言われても何を言えばいいやら……。あ、そうだ！　安心してください、侍はもういませんよ！」

　梅本がそう言うなり、時雨が「釜が止まった！」と声を漏らした。もっと続けて、と時雨に目線で促され、梅本がさらに言葉を紡ぐ。

「ええと、あなたたちの時代からそりゃもう色々あって……全部を話すと長くなりますけど、ともかく、威張ってた武士はいなくなりました。身分制度は解体されたし、領主や殿さまも市民が取り換えられる仕組みができて、俺は平民ですけど、こうやって好きな勉強をやってます。そりゃまあ、不平も不満も、いっぱい、数えきれないほど残ってますが、でも、行ったり来たりを繰り返しながらも、少しずつはましになってます。そのはずです。歴史を学んで、俺はそう思うようになりました。まあ、だから何だってわけじゃないですけど……その、あなたたちはもう、休んでいいと思います」

途切れ途切れながらも真摯な言葉で語った後、梅本は両手を合わせ、頭を下げた。

「……ほんと、お疲れ様でした」

落ち着いた労いの言葉が響き、追悼《ついとう》の儀式のような厳かな沈黙が作業室に満ちる。その数秒後、時雨がそっと傘を持ち上げると、静かに床に転がる釜が姿を現した。もはや動く気配のない古びた鉄の釜を前に、時雨はほっと溜息を落とした。

「鎮まってくれた……」

盛大な安堵の声が作業室に響く。それを聞くなり、梅本はぺたりと床に座り込んで嘆息し、見守っていた汀一たちを振り返った。

「俺、いいこと言ったよな。かっこ良かった?」

「それを聞かなかったら、もっとかっこ良かったと思います」

問いかけられた亜香里が苦笑いを浮かべる。その通りだと汀一は思った。

「何と言うか……自分の浅学ぶりを痛感させられる事件でした」

＊　＊　＊

一件落着から数日後、蔵借堂の隣の和風カフェ「つくも」にて。時雨は汀一とともに、祐に先日のいきさつを報告していた。

カフェのテーブルの上には、アイスコーヒーやジュースのグラスとともに、例の釜が置かれている。「落ち着く場所に収めてやってほしい」という梅本の申し出もあり、この釜は蔵借堂で引き取ることになった。

仮にも公立の博物館の所蔵品を古道具屋に譲ってしまっていいのだろうか……と汀一は思ったのだが、梅本に「報告書も所蔵品リストも、俺がこれから作るんだから何とでもなるよ。出土品としてはそこまで珍しい物でもないし、展示や研究で必要になったら借りに行く。つうか、今回は作業室だったからまだ良かったけど、重文だらけの収蔵庫や展示室で暴れられたらどうなったと思う？　どうなると思う？」と言われて納得した。

しげしげと釜を眺める祐の前で、時雨がアイスコーヒーを一口飲んで続ける。

「手取川といえば大日川、大日川といえば鳥越城、鳥越城イコール一向一揆……という連想は、僕にはできませんでしたし、人形に記されていた略式のドーマンのことだって僕は知りませんでした……。今回の一件を通じて僕は、妖具と向き合うには、技術や心構えだけでなく知識も必要だということを突き付けられた気がします。僕はまだ、何を知らないのかすら知らないくらいに無知なのだと」

「ああ、ソクラテスですね」

「ソクラテス……？」

「『無知の知』ですよ。自身の無知を自覚することが真理探究の第一歩という考え方です。

ともかく、お疲れ様でした」

　さらっと大哲学者の言葉を引用し、祐が微笑で時雨を労う。「時雨、おかげで進学する気になったらしいんですよ」と汀一が横から言うと、祐は眼鏡の奥の目を瞬かせ、時雨に向き直った。

「そうなのですか？」

「え？　ええ、まあ……。幅広い知識や学び方を身に付けるためにも、行かせてもらえるのなら、行っておいた方がいいかなと」

「それは良かった！　勉学を愛する者として、その心変わりは歓迎しますよ」

　カップを持ち上げながら祐が嬉しそうな笑みを浮かべる。その妙に満足そうな笑顔に、汀一はふと眉根を寄せ、祐に顔を近づけて小声で問いかけた。

「……あの、変なこと聞きますけど」

「何でしょう」

「もしかして小春木さん、釜が原因だってことも、どういう理由で暴れてたのかも、最初からその目で全部見えてたんじゃないですか？　でも、時雨が進学する気がないって話を聞いてたから、ここは一つ、勉強の大事さを教えてやろうと思ってあえて黙ってた……。違いますか？」

「おやおや。ぼくがそんなことをするような人間だとお思いですか」

「割とお思いです」

汀一が曖昧な笑みを浮かべてうなずく。その答えを聞いた祐は、肯定も否定もせずに、ただ人当たりのいい微笑みを湛えたままカフェラテを飲んだ。

釜妖神

昔、安宅に嫁さがひとりおった。その嫁さというのはとんでもない怠け者だから、家の釜底に煤煙《すす》が五寸もくっついとった。

それで、ある日しゅうと婆さが、

「おめぇ、そげに煤煙とりをいやなら、早いこと出てってもろうぞい」

とにらみつけたもんで、嫁さはその釜を持って川へ洗いに行った。

それにしても、またとないいい天気なので、嫁さは仕事に来たことを忘れて、つい、川土堤の草むらへ寝ころんで、そのまま うとうとやりだした。

そうしたら、釜がかんかんにおこって、自分でするする川の中へころがりこんだ。

釜は川の妖神になったというわけや。

あとで嫁さが蒼くなって方々を探しあぐねたけどなんにもならず、とうとう家をおっぽりだされてしもうた。

ところが、妖神になった釜の方では、人間というやつが心から憎くなったとみえ、それからというものは、川でおよぐ子供にいたずらして、時には溺れ死さすことさえあったと。

(『加賀・能登の民話』より)

第四話　里帰りの夜

うっすらと朝靄を纏った深緑色の山々が、車窓の向こうを流れていく。

線路に沿って南北に伸びる奥羽山脈《おううさんみゃく》は屏風《びょうぶ》のように連なっており、どこまでも途切れる気配がない。ガタゴトと揺れるローカル線のボックス席から、汀一は雄大な光景にしばらく見入り、ややあって軽く体を震わせ、向かいの席の時雨に話しかけた。

「八月なのに、長袖でもちょっと寒いくらいだね。さすが東北」

「だな。さすがに、日中になるともう少し気温は上がるだろうが……」

防水仕様のソフトシェルジャケット姿の時雨が相槌を打つ。襟元からは防寒用のぴったりしたインナーが覗いており、足下はごついソールの登山靴、隣の席には大きなリュック。いかにも今から山道を歩きますと言いたげな風体だが、それだけにリュックの傍に置かれた赤黒い洋傘が浮いている。

そんな時雨と同じく山歩きスタイルの汀一は、先日買ったばかりのキャップを被り直し、改めて静かな車内を見回した。

二両編成のワンマン列車に乗っているのは、汀一と時雨を含めても十人に届かない。夏休み期間中の朝という条件のせいもあるのだろうが、普段から賑わっている気配もあまりない。窓に目をやった時雨が言う。

「金沢も北国ではあるものの、やはり空気が違う気がするな」

「確かに。でもさ、来たことない場所ってわくわくするよね」

「何がどう『でも』なんだ。話が繋がっていなくないか？」

時雨が呆れた声を返すと、汀一はもっともだと思ったのか、頭を掻いて苦笑した。まったく、と時雨が肩をすくめる。

保護者不在、友人同士の初めての泊まりがけの遠出ということで気分が高揚しているのだろう、汀一のテンションは昨日から高い。時雨は「観光旅行じゃないんだぞ」と言い足し、流れていく光景に再度目を向けた。


なぜ汀一と時雨が二人で東北地方に来ているのかというと、事の起こりは一週間前の夜の夕食後に遡る。

四人所帯である蔵借堂では、食事は主に瀬戸、たまに蒼十郎が作り、後片付けは時雨か亜香里が交代で担当するという流れがいつからか定着している。その日、いつものように調理器具や食器を洗い終えた時雨が自室に行こうとすると、ダイニングテーブルで新聞を読んでいた蒼十郎が「ちょっといいか？」と声を掛けたのだ。

この時、ダイニングルームと繋がったリビングでは瀬戸がケーブルテレビで往年の時代劇を見ており、亜香里は入浴中だった。

「何です？」と立ち止まった時雨を、蒼十郎は向かいに座らせ、新聞を丁寧に畳んだ上で、神妙な顔で切り出した。

「時雨。『祖馬ガ谷《そまだに》』という集落を知っているか?」

「そまがだに……? どこかで聞いたことがあるような」

「山形県は奥羽山脈の山麓、宮城との県境近くにあった山間の村だ。村と言っても、何十年も前に無人になっているんだが」

「山形の? ……ああ、僕が拾われたという廃村ですか」

思い出したように時雨が答えると、蒼十郎はこくりと首肯した。

妖怪のこの世への生まれ方は色々で、普通の動物のように同族の親から生まれるものもいれば、生物や無生物が変じて誕生するものもいるし、その妖怪が伝承された地域にふと顕現することもある。

傘化けである時雨は、この三種類目の形で顕現した妖怪であった。十三年前、山形県の山中のさる廃村の——たった今蒼十郎が口にした「祖馬ガ谷」という集落の——古寺で、三、四歳くらいの男児の姿で顕現していた時雨は、流浪の妖具職人である千里塚魎子に見つけられて保護され、蔵借堂に預けられたのだ。

とは言え、時雨にはその頃の記憶はほとんどない。そもそも妖怪は、他者に認識されることで初めて存在や自我が確定すると言われている。誰にも見つかっていない時点では、その実体や意識は極めて不安定な上、幼かったこともあって、思い出そうとしても何も思い出せないというのが正直なところであった。

「覚えているか?」と蒼十郎に尋ねられ、時雨は首を左右に振った。

「『そこで僕が見つかった』ということを知識として知ってはいる、という感じです。物心ついたのも金沢に来てからですから。その祖馬ガ谷がどうかしたんですか?」

「ああ。これは、先日の帰省のついでに立ち寄った陸奥《むつ》の知人のところで聞いた話なんだが、祖馬ガ谷一帯の過疎化がどんどん進んでいるらしい」

「過疎化ですか……。ありそうな話ですが、しかしその祖馬ガ谷という集落は、ずっと前から人が住んでいなかったのでは」

「それはそうだが、そこから山を下ったあたりには小さな町があったんだ。しかしその一帯も高齢化が進んで人がいなくなり、鉄道やバスも今年の秋で廃止になると聞いた。人の行き来が絶えれば道もなくなるし、そうでなくとも北国の山中だ。秋以降は深い雪に閉ざされる。行くなら今だ」

「え? それってつまり……」

「お前が生まれ故郷を自分の足で見に行きたいなら今のうち、ということだ」

はっと目を開けた時雨が見つめる先で、蒼十郎はきっぱりとそう告げ、「教えるかどうか少し迷ったが、黙っておくのも気が引けたからな」と言い足した。

蒼十郎が迷った理由は、時雨には聞くまでもなく理解できた。

若い妖怪はまだその在り方が不安定なので、無人の廃村などという他者の存在しない空間に留まると、その存在が揺らいでしまう可能性がある。去年の夏、自害を促す妖怪「縊《いっ》鬼《き》」にそのかされた時雨が、自己嫌悪のあまり、単身で帰省して消えようとしたことは、あの一件に関わった誰もがはっきりと覚えている。

そのことを思い出しているのだろう、蒼十郎は腕を組んで少しの間だけ目を閉じ、その上で顔を上げて続けた。

「……だが、今のお前ならもう大丈夫だろう。自我も実体も充分確立されているから、そう簡単に消えることはないはずだ。少なくとも俺はそう確信しているし、このことは大将とも相談済みだ」

「瀬戸さんも？　そうなんですか？」

「まあねー」

時雨の問いかけに答えたのは、向かいの席の蒼十郎ではなく、リビングのソファでグラスを片手にテレビを見ていた瀬戸だった。「聞いてたんですか」と時雨が顔を向けた先で、瀬戸は発泡酒のグラスをローテーブルに置き、見慣れた温和な笑みを浮かべた。

「時雨くん、最近しっかりしてきたからねえ。こういう話を聞いても、ちゃんと受け止めて、自分で判断できるでしょ」

「しっかり……しているでしょうか。自分では、まだまだ未熟だと自覚しているんですが……。先日の釜妖神の一件でも、僕は振り回されてばかりでした」

「そういうことじゃなくてさ。無論、力や知識や技術があるに越したことはないけれど、そこで判断してるわけじゃないんだよ、僕らは。そもそも僕ら妖怪は、生まれついての能力の差が大きいわけだよね？　でも、いろんな術を使えて長寿で強力な妖怪は、短命で特に能力もない妖怪より偉いかって言うと、別にそんなことはないでしょう」

「それはそうです」

「でしょ？　だから、大事なのは、自分の力を理解することと、優先順位を履き違えないことなんだよ。これができてない自称大物も多くて、ああいう大人げないのは本当に見苦しい……って、それはともかく、自分の力が足りなかったと自覚できてるのなら、それは君がちゃんと成長してるってことだと僕は思うよ」

リビングのソファに深く腰掛けたまま、瀬戸が穏やかに言葉を重ねる。親代わりの妖怪から掛けられた温かい言葉に、時雨は意外そうに目を見開き、少し間を置いてから口を開いた。

「……そうですか。もしそうだとしたら……光栄です」

恥ずかしいが嬉しいのだろう、時雨が面映ゆそうに微笑し、それを見た蒼十郎が厳めしい顔に薄い笑みを浮かべて瀬戸と視線を交わす。

と、その時、風呂場に通じるドアが開き、湯気を立てる亜香里が「お先でしたー」と現れた。Tシャツ姿でバスタオルを手にした亜香里には、その場にいる三人が三人とも嬉しげに微笑んでいる光景が異様なものに見えたようで、ぎょっとした顔で立ち止まって一同を見回し、おずおずと時雨に問いかけた。

「……何、この空気。時雨、何したの」

「何もしていないが？」

その後、蒼十郎が同じ話を繰り返すと、それを聞いた亜香里は「行っておいた方がいいよ」と即断した。

「覚えてなくても生まれ故郷は生まれ故郷でしょ？　自分が最初にこの世に出てきた場所でしょ？　だったら行ける時に行っといた方がいいよ。減るもんじゃないんだから」

「その意見には異論はないが……そこまで言う亜香里は行かなくていいのか？　その、自分の生まれた場所に」

「わたしはもうとっくに行ったもん。中学校の修学旅行の班別行動の時、スカイツリーに行くついでに」

冷蔵庫から冷えた麦茶を出しながら亜香里が言う。「そう言えばそんなことを言っていたな」とこぼす時雨の前で、亜香里はグラスに麦茶を注ぎ、自慢げに胸を張った。

「わたくし送り提灯はほら、江戸出身ですから？　本所《ほんじょ》七不思議ですから？　都会で生まれた都市の妖怪ですから？」

「三回も言い直さなくてもいいだろう。田舎のマイナー妖怪へのあてつけか？」

「ひがまないの。まあ、わたしの場合、生まれ故郷が過疎化で無人になることは当分ないとは思うんだけど」

「当たり前だ。東京のど真ん中じゃないか」

「だよねー。実際行ってみても、なるほど、って思っただけだったけど、そう思えただけでも意味はあったと思うよ。だから時雨も行ってきたら？　汀一誘って」

「そうだな……何？　なぜそこで汀一の名前が出る」

　釣り込まれてうなずいた直後、時雨が大きく眉根を寄せる。見据えられた亜香里は、「別に一人で行くと消えるかも、なんてことはもう思わないけど」と前置きし、幼い頃から一緒に育った弟分を見返した。

「汀一が、せっかく夏休みだからどこか行きたい！　って言ってたのを思い出したの。仲いいんだし、声掛けてみたら？」

「ああ、なるほど」

　というわけで時雨は早速汀一にこのことを話した。

「言っておくが観光地ではないぞ。廃村だから行って何があるというわけでもない。宿のある街から日帰りできる距離でもないから、山を結構歩いた上、野宿することになるが……」と持ち掛けられた汀一は、暇を持て余していたこともあって「キャンプってことだよね。面白そうだ」と快諾し、かくして二人はキャンプ道具を詰め込んだリュックを背負い、初めての二人旅へ出発したのであった。

　金沢から特急を乗り継いで、富山や新潟を経由して山形に入り、まず初日はそこで一泊。翌日、二人は朝から数時間ローカル線に揺られた後、山の麓《ふもと》の無人駅で下車した。

「うわー。山しかないね！」

「人の気配がまるでない……。食べるものを買ってきておいて正解だったな」

「だね。ネットに騙されるところだった」

二人しか下車しなかった小さな駅で、汀一たちは顔を見合わせてうなずき合った。

駅前に延びる街道の向こうには小さな商店があったが、ネットの情報では「営業中」となっていたその店は閉店して久しいようで、「売店・軽食」の看板は判読できない程に色褪せていた。駅の周囲には自動販売機すら見当たらず、新しい人工物と言えば、路線の廃止を告げるポスターくらいのものだ。

そんな何もない駅前で、二人は早めの昼食を取りながら一日二回しか来ないバスを一時間近く待ち、さらに一時間近くバスに乗った後、山中のバス停に降り立った。

曲がりくねった山道の上で、リュックを背負った汀一が大きく背筋を伸ばして言う。

「うー、やっと着いた……！」

「喜んでいるところに水を差すようで悪いが、まだだぞ。祖馬ガ谷はここから川沿いに四時間ほど登った先だ」

山を見上げた時雨が冷静に言う。行くぞ、と仕草で促して歩き始める時雨に、汀一は「分かってますよ」とぼやきを返し、隣に並んだ。

「どんな山道歩かされるのかと思ったけど、ちゃんとアスファルトなんだね。ちょっと拍子抜けした」

「どんな僻地だと思っていたんだ……？　このあたりは最近まで人が住んでいたわけだし、今から行く村も、戦後しばらくまでは暮らしている人がいた。道が整備されているのは当然だろう」

「そりゃそうか。その村……『祖馬ガ谷』だっけ。馬がいたからその名前なのかな」

「どうだろう。多分、杣《そま》の当て字だと思うが」

「そま？」

「樵《きこり》のことだ。おそらく樵が多く、切り出した木を川を使って麓まで運んでいたんだろう。樵は分かるか？」

「あのね、さすがにそれは分かるよ。斧を池に落として、お前が落としたのは金の斧か銀の斧かって聞かれる人だろ」

「そうだが」

「何だよ」

「理解の仕方が可愛いな」

「ほっとけ」

呆れる時雨をじろりと睨んだ上で、汀一はあたりを見回した。

なだらかな坂になっている道の周りには、背の高い杉が文字通り林立している。かつては林業が盛んだったのだろうか。汀一は過去に思いを馳せ、先を行く時雨に――この山で生まれたはずの友人に――声を掛けた。

「どう、時雨？　この辺の光景覚えてる？」

「全くだ」

「そっか。記憶が蘇って懐かしくなったりするかなーと思ってたんだけど、残念だな」

「別に汀一が残念がることでもあるまい」

「まあそうなんだけど。しかしほんとに静かなところだね……。時雨を見つけた千里塚さんは何しにこの山の古寺なんかに来たわけ？」

「さあ。何か目的があったのか、知り合いでもいたのか、あるいは気まぐれで立ち寄っただけなのか……。あの人の行動原理は僕にもさっぱりだ」

「頼りないなあ。元弟子だろ？」

「何で僕が怒られるんだ。まあ、古来、古寺と言えば妖怪が……特に傘の化け物が付き物だから、覗いてみようと思ったのかもしれないな」

「へー。古寺と妖怪と傘ってセットなんだ」

「ああ。江戸時代にはもうある種のお約束だったようだな。『化《ばけ》さうな傘かす寺の時雨哉《かな》』というやつだ」

「何それ。時雨が作った俳句？　まあまあの出来だね」

「与謝蕪村《よさぶそん》の句だが？」

「失礼しました。そう聞くと味わい深い名句に思えてくるなあ」

「君という奴は……」

そんな具合に言葉を交わしつつ、二人は黙々と山を登った。

小一時間も歩くとスマホの電波は入らなくなった。途中で何度か杉林が途切れ、そういうところからは、放置された耕作地越しに麓の光景を見下ろすことができた。引っ越しが多かったとはいえ、ずっと町で育った汀一にとっては、人里離れた山の景色や、どこからともなく聞こえる野鳥の声は新鮮だった。

幸いにして坂はそれほどきつくなく、空気は澄んでいて空は晴天、気温も暑くも寒くもない。山歩きにはちょうどいい条件が揃っていた。

にもかかわらず、汀一の心は、うっすら雲がかかったようで、スカッと晴れることはなかった。

先へ進めば進むほど、道路にはヒビ割れや落石が目立つようになった。さらには、路上に吹きだまった落ち葉の山や転がったままの倒木、錆びて判読できなくなった道路標識、へし折れたまま朽ちている木製の電柱等々、かつては人の行き来があったことを――それがなくなって久しいのだということを――示す物証が増えていく。

どことなく物悲しい雰囲気が二人を包む中、時雨は「何だか寂しい山だな」と漏らし、汀一は「そうだね」と同意した。

＊　＊　＊

二人が祖馬ガ谷の集落に入ったのは、山道を歩き始めて三時間半ほど後、午後三時を少し回った頃のことだった。

既に日は西に傾きつつあり、覆い被さるようにそびえる奥羽山脈は、傾斜地を切り開いて築かれた山里へと影を落とし始めている。

そこかしこに雑草が生えた道路の左右には、藁ぶきの上からトタンや鋼板で覆った形式の一軒家や農作業用の小屋が点在していたが、当然ながら人の気配はまるでない。何度かの冬の間に雪の重みで潰れたのだろう、ひしゃげたように変形している建物もある。寒々とした光景に、汀一たちは村の入り口で立ち止まり、お互いの顔を見交わした。

「……どうする？　入る？」

「ここを見に来たんだから当然だ。日が沈む前に、テントを張れる場所も探したい」

「了解。……熊とかいないよね？」

「いる可能性は充分にあるが、わざわざ人を襲うこともないだろう。もし来たら、僕が防ぐなり追い払うなりする」

「言ったね？　頼りにしてるからね？　もしもの時は任せるからね？」

「善処はする」

大げさに怖がってみせる汀一に時雨が肩をすくめて応じる。ここまでと同じように軽口を叩き合いながら、二人は人の往来が絶えて久しい集落へ足を踏み入れた。

草木が伸び放題になっているおかげで見通しはかなり悪い。道の脇には錆び切った通学路の看板が傾いて立ち、その向こうには、林と化した耕作放棄地が広がっている。

　ここまでの山道もなかなかに陰気だったが、かつては生活空間であり、今は無人になった場所の醸し出す寒々しさはそれ以上で、「人がいなくなった共同体はこうなるのだ」という事実を問答無用で突き付けてくる。これがいっそ時代劇のような風景なら非現実的な光景として受け止められたのだろうけど……などと内心でつぶやき、汀一はおっかなびっくり歩を進めた。

「この村って、何軒くらい家があったの？　って、聞いても覚えてないか」

「調べた限りでは、最盛期でも二十戸ほどだったらしい」

「へー。調べたんだ」

「ああ。道を確かめるついでに、一応な」

　杖のように洋傘を携えた時雨があたりを見回しながら言う。汀一はその隣に並び、雑草に埋もれるように建つ民家に目をやった。無人の廃村と分かってはいても、傾いだ雨戸やひび割れたガラス窓の向こうに誰かが――あるいは何かが――いそうな気がして、つい時雨との距離を縮めてしまう。

「……あのさ。時雨はこんなこと言うと怒るかもだけど」

「何だ」

「お化けが出そうで気味悪いね」

「同感だ」

「え？　時雨もお化けが出そうで怖いとか思うもんなの？　妖怪なのに？」

「仕方ないだろう。僕は妖怪とはいえ感性はほとんど人なんだぞ。……と言うか、せめて妖怪の気配があれば、まだ良かったんだがな」

驚く汀一に横目を向けた後、時雨がやるせない声を漏らす。

「妖怪もいなそうなんだ……」と汀一に問われた時雨は、無言でうなずき、寂しげな眼差しを静かな村へと向けた。


そうして二人は、ひと気の絶えた村の中をあてもなく見て回った。

途中で小雨が降り出したので、時雨は傘を広げ、汀一はいそいそとその下に入った。いつも助かります、と会釈する汀一を見て時雨が呆れる。

「そのジャケットも帽子も防水だろうに」

「そうだけどこっちの方が濡れないし。入れてよ」

「全く……」

すぐ傍から調子のいい笑みを向けられ、時雨が軽く肩をすくめる。

二人はその後もしばらく散策を続け、やがて村の最奥部に辿り着いた。村と山との境目あたり、集落全体を見下ろせるその位置に、深い森を背負うようにそびえていたのは、崩れかけた古寺だった。

石が敷かれていたせいだろう、田畑や民家の庭先よりは雑草の少ない境内には、苔むした地蔵や石塔が並び、土台だけ残して崩落した鐘撞き堂の向こうには荒れた墓地が見えている。本堂の木戸は傾ぎ、屋根瓦の一部も損壊していたが、堂々としたシルエットは健在で、まるで森と里を区切る結界のようにも見えた。

雨は依然しょぼしょぼと降り続けており、近くを流れる川からは川面を叩く雨音が聞こえてくる。汀一は時雨の傘の下でリュックを背負い直し、古寺の境内を眺めた。

「ここで行き止まりみたいだね。もう薄暗くなってきたし、そろそろテント張る場所決めないと……え？」

何の気なしに友人の顔を見上げ、汀一はぎょっと驚いた。

「し、時雨……？」

戸惑う声が思わず漏れる。

つい今しがたまで平静だったはずの友人の顔は、いつの間にか蒼白に染まっていた。目は大きく見開かれ、口は半開きで、傘を持つ手は小刻みに震えている。どうしたのと汀一は問おうとしたが、それより一瞬早く時雨が声を発した。

「思い出した……」

「え」

「僕は、この景色を知っている……。僕はここに――この寺の境内に、確かにいたことがある……！　雨の降る夕暮れ時、ちょうど今と同じような空模様の下で、僕は、あの鐘撞き堂の下で、傘を持って立っていた……」

そこまでを一息に話すと、時雨は黙り込んでしまった。

現地を目にして生まれ故郷の記憶が蘇ったようだが、初めて目の当たりにした故郷がこんなに荒れ果てているとなれば、受けるショックも大きいはずだ。もしかして存在が揺らいでしまったりしないだろうかと汀一は不安になった。

「時雨、大丈夫!?　気を確かに！」

「いきなり何だ？」

汀一にすがりつかれた時雨が面食らって問い返す。「ほんとに大丈夫？」「消えたり薄れたりしないよね？」と汀一が心細げに見上げると、時雨はようやく汀一の不安の原因を理解したようで、大きな溜息を響かせた。

「……心配するな、大丈夫だ」

「ほんとにほんと？　実は小指の先とか薄れたりしてない？」

「疑り深いやつだな。ほら」

「……なるほど。確かに実体がある」

差し出された手をまじまじと見つめ、握ったりつついたり引っ張ったりしてみた上で、汀一は盛大に安堵した。大きな声が境内に響く。

「良かったー……！　もし時雨がここで消えたら、おれ亜香里や瀬戸さんたちにどう説明したらいいかと」

「杞憂にも程がある……。僕はもう簡単には消えないし、その点は瀬戸さんや蒼十郎さんのお墨付きももらっている。言っただろう？」

「聞いたけど怖いものは怖いんだよ！　時雨は呆れてるみたいだけど、おれ本気で心配したんだからね？」

胸を撫で下ろした汀一がじっと時雨を見上げて睨む。見据えられた時雨は、意外そうに目を瞬いた後、すっと背筋を伸ばして汀一に向き直って頭を下げた。

「……すまない。無用な心労を掛けさせてしまったな。この通りだ」

呆れてみせたのは失礼だったと思ったのだろう、時雨が傘を差したまま深々と首を垂れる。そこまではっきり謝られると逆にリアクションに困るな、と汀一は思った。

＊　＊　＊

二人は話し合い、この古寺で一夜を明かすことにした。

野宿のつもりでテントも持ってきたけれど、食事を作って食べるのにも寝袋で寝るのにも、屋根も床も壁もある場所の方がいいに決まっている。個人の家に上がり込むのは気が引けるが、村の共用施設である寺なら罪の意識も少し薄れるし、本堂と繋がる別棟の建物には囲炉裏《いろり》もあったので屋内で火も使える。

それに何より、この寺こそ時雨の生まれたところであるのなら――そうでなくても一番初めの記憶にある場所なのだとしたら――ここで一泊して思い出を作っていくべきであると汀一が強く主張したのだ。

時雨もそれに賛同し、二人は傾いだ雨戸を外して本堂へと上がり込んだ。蜘蛛の巣だらけの本尊に一礼してから荷物を下ろし、廊下の奥にあった竹ぼうきで溜まっていた埃を掃きだして、夕食の支度に取り掛かる。

食事といってもレトルトのご飯とカレーという簡単なものだ。時雨に囲炉裏での火起こしを任せ、汀一は土間にあった桶を手に、水を汲みに外に出た。

幸い雨は止んでいた。水音を頼りに寺の裏手の川へ向かうと、広がる森のその奥に、奥羽山脈が壁のようにそびえ立っているのが見えた。

「うわ。すごいな」

オレンジと紫が交じった色の夕日が、のこぎりのような山際を染め上げている。その壮大な光景に、汀一は足を止めてスマホを取り出した。

当然ここも電波は入らないが、写真を撮っておいてあとで亜香里たちに見せようと思ったのだ。夕闇に染まりつつある山や森の写真を何枚か撮り、ついでに境内の写真も撮っていると、ふいに森の奥から、カーン、と何かを叩く音が聞こえた。

音の発生源は随分遠いようだったが、何しろあたりが静かなので、耳をすませなくても聞こえる。斧で木を叩くようなその音は何度か繰り返して響き、続いて「倒すぞーう」「おーう」「おおーう」といくつかの声が聞こえたかと思うと、巨大な何かが倒れる音が響いてきた。どうやら集団で木の伐採をしているらしい。

「こんな時間まで山仕事……？　大変だなあ」

祖馬ガ谷の「そま」は樵の意味だと時雨が言っていたことを思い出し、汀一はスマホを持ったまま薄暗い森に目をやった。

木材として使うのか、山の維持管理のためかは分からないが、山に入って仕事をする人は現代でもまだいるようだ。姿の見えない現代の樵たちを汀一は労い、桶を持ち上げて歩き出した。


日が落ち切ってしまうと、あたりはあっという間に暗くなり、気温も一気に下がってしまった。

二人ともそれほど疲れたつもりはなかったが、大きなリュックを背負って半日近く山道を歩き続けた分の疲労は確かに溜まっていたようで、囲炉裏の火を囲んで夕食を終えるなり、二人は急激な眠気に襲われた。

起きていても特にやることはないし、明日も三時間以上歩かねばならないわけで、休めるうちに休んでおきたい。というわけで二人はいそいそと寝袋を並べ、その中に入って横になった。眠たげに瞼を擦った汀一が、すぐ隣に横たわる時雨に言う。

「眠いけど、すぐ寝ちゃうのもったいなくない？　やっぱり、旅に来たからには、ここでしか話せない話をするべきだと思うんだよ。恋バナとか」

「そういうものなのか？」

「そういうものなんだよ。知らないけど」

「適当な……。しかし、話すことがあるのか」

「……実は、おれ、亜香里のことが好きで」

「一年前から知っているが？」

「だよね。時雨の方は何かない？　言いたかったけど言えてなかったこととか」

「そう言われても……。こと相手が君となると、隠し事自体が特にないからな。汀一の方はどうだ？」

「ないんだよね、これが」

時雨に問われた汀一が頰を搔いて苦笑する。

バッテリー式ランタンの光の中に浮かび上がる開き直ったような笑みに、時雨は無言で呆れ、あくびを漏らした。

「……駄目だ、眠い。もう寝ないか？」

「いいアイデアだと思う」

あっさり同意した汀一が寝袋の中で姿勢を直す。顔を上に向けると、丁寧に彫り込まれた欄間の彫刻が目に入ったが、次の瞬間あたりが暗くなった。時雨がランタンの光を絞ったのだ。

「……お休み、時雨」

「ああ。お休み」

汀一の呼びかけに聞き慣れた声が呼応し、そして本堂は静かになった。

＊　＊　＊

ズシーン……と、大木が倒れる音が壁越しに聞こえた気がして、汀一は目を覚ました。まだ夜は明けていないようで、あたりは真っ暗だ。もぞもぞと手を伸ばし、転がしておいたスマホを見ると、時刻は午前四時を回ったばかりだった。

こんな時間に山仕事なんかするんだろうか……？　ぼんやりした頭でそんなことを思いながら、汀一はスマホを置いて再び寝袋に潜り込み、はっと大きく目を見開いた。

すぐ隣で寝ていたはずの時雨がいない。

荷物も寝袋もあるのだが当人の姿だけが見当たらず、枕元に置いてあったはずのランタンもない。

「え。時雨……？」

ぼそりと漏らした不安な声とともに、一気に意識が覚醒する。

慌てて跳ね起きた汀一は、スマホのライトを頼りに周囲を見回し、傾いだ板戸の隙間から漏れる淡い光に気が付いた。

もしやと思って外に出てみると、本堂の周囲にめぐらされた濡れ縁の一角、村を見下ろせる位置に、時雨が一人で腰かけていた。傍らには、光を絞ったランタンと、時雨の愛用の赤黒の傘が置かれている。

「時雨……！　良かった、ここにいたんだ……」

「汀一？　どうしたんだ、そんな慌てて」

「起きたらいなかったからびっくりしただけ。時雨こそどうしたの」

「……ああ。ちょっとな。目が覚めてしまって、その後も何だか眠れなくて……」

「そっか。隣いい？」

時雨がこくりとうなずいたので、汀一は濡れ縁に腰を下ろして脚を投げ出し、夜の廃村へ目を向けた。

住む人も行き交う人もいない祖馬ガ谷の里はひっそりと静まりかえっており、当然電灯は一つも灯っていない。都市で暮らしているとまず見ることのない、純度百パーセントの暗がりの迫力に、汀一の体は少しだけ震えた。

「ここまで真っ暗だと何か怖いね……」

「え？　あ、ああ。そうだな」

僅かな間をおいて時雨が応じる。反応に違和感を覚えた汀一が「何かあった？」と尋ねると、この村で生まれた妖怪は、一、二秒ほど沈黙した後、ゆっくりと口を開いた。

「……昨日、汀一が気遣ってくれた時、僕は大丈夫だと答えただろう。覚えているか？」

「そりゃ覚えてるよ。昨日のことのように……って言うか、実際昨日のことだし。それがどうかしたの？」

「……あの時、僕は嘘を吐いた。……いや、嘘というのは正しくないか。あの時点では、実際それほどショックを受けたわけではなかったから……。だが、この村で夜を迎えて、こうやって真っ暗な光景を見ていると、その……どう言えばいいのか……」

「……きついの？」

「ああ」

汀一がぼそりと発した問いかけに時雨はすかさず即答し、「きつい」と明瞭な声で言い足した。汀一が見つめる先で、時雨は闇夜に包まれた祖馬ガ谷の村を見据えたまま、自分自身に言い聞かせるように言葉を重ねた。

「この村は別に、天災や戦争で滅んだわけじゃない。辺鄙《へんぴ》な山里が過疎化を経て無人になるというのは、日本のどこにでもある話だ。最後まで残っていた人たちだって、それぞれ自分の判断で村を離れたんだろう。誰だって、不便な暮らしよりは便利な方がいいに決まっている……。それは充分理解できるし、そもそも僕にはこの土地の記憶はない。確かに、古寺の光景は思い出したが、それだけなんだ。なのに。なのに……」

「なのに――寂しい？」

「そうだ。僕のような妖怪を――ささやかな傘の妖怪のことを語り継いでいた共同体が、今や存在しないという事実は、どうしようもなく胸に刺さるんだ」

「……そっか。……そうだよね」

「ああ」

短い声でそう答えると、時雨は投げ出していた膝を抱え込んで顔を伏せた。ややあって、しゃくりあげるような音が微かに響き、それを聞いた汀一が抑えた声で問いかける。

「泣いてる？」

「……少しだけな。おかしいか」

「おかしくはないよ、全然。おれには何もできないし、それは申し訳ないとは思うけど」

「そうか。……ありがとうな、汀一」

「はい？」

なぜ今急にお礼を言われたんだ。戸惑った汀一が向き直った先で、時雨は赤い目を擦って顔を上げ、汀一を至近距離から見返した。

「汀一がいてくれて本当に助かった。ある程度は覚悟していたが、このしんどさは想像以上で……一人だと、ちょっと耐えられなかったかもしれない」

「役に立てたなら嬉しいけど……でも、おれ何もしてないよ？　いるだけだ」

「いてくれるだけで助かることもあるんだ。……あんやとな」

時雨の顔に控えめで照れくさそうな微笑が浮かび、微かに開いた口から金沢弁がぼそりと響く。目と鼻の先から投げかけられたストレートな謝意に、汀一はなぜか恥ずかしくなり、がりがりと頭を掻いた。

「ど、どういたしまして……。しかし珍しいね、時雨がそこまではっきりお礼言うの」

「……確かに、そうかもしれない。実際、こういう場所だから正直に言えたというのはあるんだろうな。だが、僕は汀一には本当に感謝している。今回だけでなく、去年からずっと……。いつも、本当にありがとう」

「いや、それを言うならおれもだし、と言うか、もうその辺にしてくれない……？　気持ちはありがたいけどさ、恥ずかしいよ」

「分かった分かった」

顔を赤らめた汀一の言葉に、時雨は嬉しそうに苦笑し、再び暗がりへ目を向けた。

汀一もそれに倣って真っ暗な村に向き直ると、ふいに冷たい夜風が廃寺の濡れ縁を吹き抜け、二人の体をひやりと撫でた。軽く体を震わせた汀一が言う。

「涼しいどころか寒いくらいだね。夏とは思えない」

「ヒートアイランド現象とは無縁の、人里離れた山の中だからな。しかもここは金沢よりも北国だから、季節の巡りも早いんだろう」

「あー、一足早く秋になりかけてるってことか。そう考えると一年って早いよね」

「確かに――」

と、時雨が汀一に同意しようとした時だった。

ドーンという轟音《ごうおん》が、本堂の向こうの森から鳴り響いた。

何か大きなもの……おそらくは大樹が倒れたその音に、時雨はぎょっと驚き、汀一は思わず山の方を振り返った。

「まただ……」

「『また』？」

「うん。おれ、それで起こされたんだよ。さっきのはもっと遠かったけど。時雨は聞こえなかった？」

「そういえば聞こえた気もするが、考え事をしていたからな……。しかし、こんな夜中になぜ？　雪も風もないのに木が倒れるとは思えないが」

「あ、確かに。同じような音は、夕方に水汲みに出た時も聞こえたけど……でも、あの時は、山仕事の音とか声も一緒に聞こえたっけ」

「山仕事？」

　時雨が眉根を寄せて訝る。汀一が「斧で木を叩く音とか、木を倒すぞーって掛け声なんかを聞いたんだよ」と話すと、時雨はいっそう怪訝な顔になった。

「不自然じゃないか……？　市街地に近い場所ならともかく、こんな深い山奥で日暮れ時にそんな作業をするとは思えない。そもそも斧を使う樵が今もいるのか？　普通はチェーンソーだろう」

「言われてみればそうだけど……でも本当に聞こえたんだよ。あれは絶対に動物の声じゃなかったし――」

「おうい、倒れるぞお――」

　汀一の反論の声に被さるように、森の奥から声が響いた。

　明らかに成人男性の声質を備えたその声に、「おおう」「ゆっくりやれえ」と別の声が呼応し、メキメキと幹が軋む音、ドーンと倒れる音が続く。それを聞いた汀一は慌てて山を指差した。

「これだよ！　ちょうどこんな感じの声！　今のはしっかり聞こえたろ？」

「……ああ。ついでに妖気も感知できた」

真剣な顔になった時雨はそう言い、傍らに置いてあった傘を取った。「妖気？」と汀一が問い返す。

「つまり妖怪？　でも時雨、妖怪の気配はないって言ってなかったっけ」

「夜だけ出てくる妖怪も多いからな。僕は素性を確かめに行くが、汀一はどうする？」

「一緒に行くに決まってるだろ！　ここに一人で置いてかれる方が怖いよ」

「分かった」

一人で様子を見に行くのは不安だったのだろう、時雨がほっとした顔でうなずく。

というわけで二人は靴を履き、ランタンと傘とを携えて、寺の裏、森に面したあたりへ移動した。

灯りのない廃村も寂しげで不気味だったが、ランタンの光の中に浮かびあがる夜の森の威圧感は凄まじく、つい足がすくんでしまう。ランタンを手に身を縮める汀一の前で、時雨はすぼめた傘を刀のように構え、恐る恐る声を発した。

「だ、誰かいますか……？」

「そんな小さい声じゃ聞こえないと思うけど」

「分かっている！　だっ、誰かいるんですかー！」

開き直ったように時雨が声を張り上げる。

と、数秒間の沈黙の後、暗く深い森の奥から野太い声が返ってきた。

「わしは……」

「わしらは……」

「ここにおる……」

「お前たちは……」

「人か……。それとも……」

「妖怪か……？」

森の方々から響く複数の声が、繋がり合って一つの文章を形成していく。汀一は慌てて声のした方向にランタンの光を向けたが、声の主の姿はどこにも見えないままだ。

「ここにいるって言われても……時雨、見える？」

「僕にも見えない。一体どこにいるんです？　あなたたちは一体……？」

「わしは……」

「わしらは、ここにいる……」

「わしらは『ケボロキ』……」

「『ケボロキ』は、お前たちの……」

「目の前にいる……」

戸惑う時雨の問いかけを受け、再び答える無数の声。汀一は「ケボロキ？」と聞いたばかりの名前を繰り返し、暗い森をまじまじと見回した。

「って、やっぱりどこにも見えないんだけど……」

「確かに――待てよ。もしかしてあなたたちは、実体のない、声だけの妖怪……？」

時雨がはっと気付いたように声をあげる。「声だけの？」と汀一が問うと、時雨はうなずき、森を見たまま口早に続けた。

「実体を持たない現象だけの妖怪は珍しくないんだ。亜香里――送り提灯も、今でこそしっかり実体化しているが、元々は灯火、つまり光の妖怪だろう」

「あ、なるほど。じゃあこのケボロキ……さんは、音の妖怪ってこと？」

「おそらくな。古来、森や山中で起こる音の怪異は数多い。どこからともなく叫び声や笑い声が響いたり、大勢の人間の声や木を切り倒す音が聞こえてきたり……。こういった音の怪は、山の神や天狗《てんぐ》、あるいはイタチや狐の仕業とされたりもするが、それ自体が一つの妖怪と見なされることもあり、『空木返し《そらきがえし》』や『空木倒し《からきだおし》』といった名前で呼ばれている。ケボロキという名は初めて聞いたが、多分、その同類なんだろう。そうですよね？」

「ああ……」

「いかにも……」

時雨が声を張り上げて尋ねると、複数の声が即応した。元々怖そうな妖怪ではないが、音だけの存在と分かればなお安心だ。汀一がひとまず胸を撫で下ろしていると、ケボロキは森全体を揺らし、しみじみとした声を発した。

「それにしても……」

「よく来たな……」

「大きくなったな……」

「傘の子よ……」

「え。『傘の子』って――時雨のこと？」

「ぼ、僕のことを知っているんですか？」

汀一に続いて時雨が驚いた声を発する。二人が見据えた真っ暗な森の奥で、実体を持たない音の怪異は「そうだ」「知っている」と口々に答えた。

「あれは、幾年前だったか……」

「この地を訪れた器物の鬼に……」

「塵塚怪王に……」

「その寺に顕現していた、傘の子のことを教え……」

「蔵借堂なる古道具屋に預けたのは……」

「わしだ……」

「わしらだ……」

「そ、そうだったんですか……！」

「そうなんだ……！　じゃあ時雨の恩人じゃない！　ほら、お礼言わないと」

「わ、分かっている！　ええと、その節は、お世話になりました……！」

汀一に促された時雨が姿勢を正し、頭を下げる。それを聞いたケボロキはメキメキと木が軋むような音で呼応した。

「礼には及ばん……」

「しかし、傘の子の隣にいるのは……」

「気配からすると……」

「人のようだが……？」

「え？　おれですか？　はい、人間です。葛城汀一って言います」

相手が見えないとどうにも自己紹介がやりにくい。そもそもケボロキは、どうやってこっちを見ているんだろう……？　そんなことを思いながら汀一は挨拶し、時雨が「僕の友人です」とその後を受ける。

と、それを聞いたケボロキは、大木が倒れたような轟音を響かせた。どうやら驚いたらしい。

「そうか……」

「人か……」

「人の友人か……」

「人と妖怪がそのような……」

「それは、なん」

ケボロキの感嘆の声がブツンと途切れる。いきなり静かになった森を前に、汀一と時雨は同時に眉をひそめて視線を交わした。

「どうしたんだろう。電波が途切れたみたいな感じだけど」

「スマホじゃないんだぞ。もしもし？　どうかしたんですか？」

「……ああ……すまない……」

「わしは……」

「わしらは、もう随分と……」

「薄れてしまったからな……」

時雨の呼びかけにケボロキが答えたが、その声はさっきまでより小さく、より遠くから聞こえるようだった。「薄れる？」と尋ねた汀一にケボロキが応じる。

「そうだ……。わしは……」

「わしらは、音と声の怪……」

「そして音も声も、聞き手がいてこそ……」

「初めて意味を持つ……」

「誰も聞かない音声《おんじょう》は、初めから存在しなかったのと同じこと……」

「え。えーと、そういうものなんですか……？」

「そうだ……」

「たとえば……耳を持つものが誰もいないところで……」

「一本の木が倒れた時……」

「そこに、音はあったと言えるのか……？」

「つまり……そういうことだ……」

「な、なるほど……？」

分かったような分からないような説明に汀一が怯み、代わって時雨が問いかける。

「つまり、村が無人になって聞き手がいなくなってしまったので、存在が揺らいでいるということですか？」

「そうだ……」

「わしのように……」

「わしらのように……」

「形を持たない妖怪にとっては、音を誰かに聞かれることが……」

「誰かに知られ、語り継がれることが何より肝要……」

「聞き手も、語り手も消えた今、わしは……」

「わしらは……ただ薄れゆくのみ……」

ケボロキは落ち着いた声でそう語り、森全体をさわさわと揺らした。

静かな森を前にして、汀一の胸がぐっと痛んだ。ケボロキ当人は希薄化する運命を受け入れているようだが、友人の恩人の末路としてそれはあまりに忍びない。汀一は思わず一歩踏み出し、ケボロキへと呼びかけた。

「あの、良かったら一緒に来ませんか？　おれたち、金沢って町に帰るんですが」

「汀一？　何を言い出すんだ急に」

「だって、ここに誰もいないから薄れちゃうんだろ？　だったら、もっと人の多いところに行けば――」

「無理だ……」

汀一の提案をケボロキの声がばっさり遮る。絶句する汀一の前で、深い森は嬉しそうにメキメキと無数の幹を鳴らした。

「気遣いには、感謝する……」

「だがわしは……」

「わしらはこの森に……」

「この山にこそ、根付いた怪……」

「『風土』を持ち運べないのと同じように……」

「移動することは不可能だ……」

「そ、そうなんですか……」

汀一は思わず肩を落とし、時雨はその隣で残念そうに顔を伏せた。消沈する少年たちをなぐさめるようにケボロキが言う。

「心を痛めることはない、人の子よ……」

「そして傘の子よ……。わしは……」

「わしらは、元々いないもの……」

「元来いないものであるならば……」

「極限まで薄れたところで、消えはせぬのだから……」

「しかし……実に久しいな……」

「長らくずっと寝ていた気がする……」

「夜半にこの地を訪れるものなど……久々だ……」

「え？　ええ、それはそうだと思います。この村だけでなく、一帯から人がいなくなっているわけですから」

「……ああ。そうか……」

「また……お山が、静かになるのか……」

　時雨の説明を聞いたケボロキが感慨深そうに声を発する。しみじみするのは分からなくもないが、「また」というのはどういうことだ。汀一がそのことを尋ねると、ケボロキは依然落ち着いた口調で答えてくれた。

「そのままの意味だ……」

「確かに、この地には村があり……人の営みがあったが……」

「それより前には村はなく、そのずっと前には人の往来もなかった……」

「だから、『また』と言ったのだ……」

「それだけのことだ……」

「え？　あ――」

その時、汀一の中でふいに何かが腑に落ちた。そうか、と自然と声が漏れる。

「そっか……。おれ、ずっと人が住んでた場所が無人になったと思ってたけど――当たり前だけど、『その前』ってのもあるのか。だよね時雨」

「え？　それは……ああ、そうだな。サイクルと言うか、変転とでも言うか……。村ができる時期もあれば、そうでない時期もあるわけだ」

「そうだ……。人の営みも……天然自然の光景も……永遠に続くものはない……」

「全ては流転し、変わり続ける……」

「季節が巡っていくように……」

「物事の在りようは常に、いつまでも移り続けるものだから……」

はっと顔を上げた時雨の言葉に、ケボロキが穏やかな声で応じる。その声を聞きながら二人は顔を見交わし、どちらからともなくうなずき合った。

ここに確かにあった共同体が失われてしまったことも、ケボロキが希薄化していくことも、それらの事実は確かに寂しく辛いことではある。だが、今の話で少しだけ気の持ちようが変わったように二人には感じられた。

しかし懐かしい、とケボロキが言う。

「誰かと言葉を交わすのは……」

「本当に……」

「本当に、久々だ……」

「この山の妖怪たちも……」

「どこかへ去ってしまって久しいからな……」

「時に……」

「塵塚怪王や、蔵借堂の御前《ごぜん》は息災か……？」

「ごぜん？」

　ケボロキが投げかけた聞き慣れない呼び名に、汀一が思わず眉根を寄せる。汀一は時雨に「蔵借堂にそういう人がいたの？」と尋ねたが、その蔵借堂で育った少年は困った顔で首を横に振った。

「いや、僕は聞いたことはないが……。ええと、塵塚怪王の千里塚さんは今も元気です。『御前』というのは、瀬戸さん――瀬戸大将のことですか？」

「違う……」

「御前は……」

「塵塚怪王や瀬戸大将よりなお古い……」

「最古にして、全ての器物の妖怪の母とも呼ぶべき大妖怪……」

「そもそも、妖具の集まる古道具屋を作ったのも……」

「その方だということを……遠い昔に、誰かに聞いた気がしたのだが……」

「お前たちは……」

「知らないのか……？」

「え？　ええ、まあ……。初耳なんですが……。だよね時雨」

「ああ。すみません、蔵借堂を作った人がいたという話からして初めて聞いたのですが、その『全ての器物の妖怪の母』というのは一体――」

「すまない……」

「時間だ……」

勢い込んで問いかける時雨だったが、その声をケボロキが遮った。

同時に、森の向こうにそびえる山の上に、東からの白い光がふっと差す。「夜が終わる」

とケボロキが言う。

「わしは……」

「わしらは、日暮れから夜の間だけ響く音の怪……」

「故に、夜が明けたなら……」

「朝が来たなら、去らねばならぬ……」

「え？　ここで？　そんな！　せめてもうちょっと――」

「すまない……」

「だが……お前たちと話せて良かった……」

「願わくは……」

「お前たちの未来が……」

ケボロキの声がどんどん遠のき薄れていく。いきなり別れを宣告されてしまった時雨は面食らってフリーズしかけていたが、その隣で汀一が「時雨！」と慌てて叫んだ。

「早く！　言うことあったら早く言わないと！」

「え？　あ、そ、そうか！　あ、あの——僕の方こそ、話せて嬉しかったです！　ありがとうございます！　そして、ありがとうございましたっ、本当に！」

「あっ、あと、おれからもお礼言わせてください！　友達助けてもらって、ありがとうございました！」

「……ほう」

「これはこれは……」

「人に、礼を……」

「言われることがあるとはな……」

おかしそうにそう言い残し、それっきりケボロキの声は途絶えた。

静まりかえった森の向こう、雄々しくそびえた山の上から、白い朝日が広がり、暗かった空を染めていく。荘厳な夜明けの光景を前に、二人はしばらく無言で森を眺め、少ししてから汀一がおずおずと口を開いた。

「……で、『御前』って誰？」

「だから僕も知らないと言ったろう。帰ってから瀬戸さんに聞く」

そう言って時雨は森に向き直り、そこにいたはずの妖怪に向かってもう一度深く頭を下げた。その隣で汀一も無言で一礼し、そして改めて考えた。

友人の恩人たるケボロキとの別れはやっぱり辛いし、御前というのは誰なのか、新しい謎もできてしまった。

けれど、と汀一は心の中で言い、隣に立つ友人を見上げて声を掛けた。

「来て良かったよね、時雨」

「ああ」

籠つた小屋の外は、暗夜をモソ〳〵と雪が降りしきり、小屋の中では焚火が赤々と燃え熾る焔の勢ひと、其上にかけた鍋の湯の煮え沸る音の外何の物音もなく靜まり返つてる時、ザイコン、ズイコンと鋸《のこぎり》挽きの音が近々と聞えて來ることなどもある。たしかに大木を伐り倒す作業の音だと耳を澄ましてる間に、木の倒れかゝる氣配がして、挽切り殘された材皮のねぢ切れて軋む音に伴ひ、梢の枝々がワリ〳〵と煽り合つて、アワヤ恐ろしい地響と共にドウと小屋の上に倒れかゝりさうに思はれても倒れた地響きも震動もなく、直ぐに又鋸挽の音が始まる。こんな事を山人はケボロキ又はケブルキといふやうだが、語義は判らない。少年時代の私もそのケボロキを聞いたが、私の聞いたのは少し遠い音のやうだつたと覺えて居る。

（藤原相之助『原始山民とその分裂』より）

第五話　最古の付喪神

かつて、全ての器物の妖怪の母だとか「御前」だとか呼ばれた妖怪がいて、その妖怪が蔵借堂を作ったと聞いたのだが、それは本当なのだろうか。

里帰りを終えて金沢に戻った時雨と汀一が、出迎えてくれた瀬戸にそう尋ねたところ、瀬戸はヒュッと小さく息を呑み、そのまま固まってしまった。

いつものように愛想のよい笑みを浮かべていた顔が一気に強張り、小柄な体ががくんとよろける。カフェのカウンターに手を突いて体を支えた瀬戸は、青ざめた顔を時雨たちに向け、震える声を発した。

「どこでその話を……？」

「え？　向こうで会ったケボロキという妖怪が教えてくれたんですが」

「そ、そうです。時雨の言う通りで……そのケボロキは朝になったらいなくなっちゃったんで、詳しい話は聞けなかったんですけど」

時雨に続いて事情を説明しつつ、汀一はひどく戸惑った。まさかこんなリアクションが返ってくるとは思っていなかったのだ。

亜香里も客もいないカフェの客席で、汀一は土産の紙袋を下げたまま、時雨と顔を見合わせた。首を傾げた時雨が不安な声で問いかける。

「一体どうしたんです？　僕は何かまずいことを聞いてしまったんですか？　蔵借堂を作ったのが僕の知らない妖怪なのだとしたら、その人は――」

「すまない時雨くん。この話はできない」

時雨の投げかける質問を瀬戸がばっさりと遮った。いつになく強い口調で断言した瀬戸が、念を押すように首を左右に振る。はっきりとした強い拒絶を示され、汀一はいっそう困惑した。

創設者と何かいざこざがあって喧嘩別れしたとか、不本意な形で瀬戸が店を引き継ぐことになったとか、そういう過去があったのかもしれないし、だとしたら聞かせたくない気持ちも分かる。だが、もし仮にそうだとしても、話を「したくない」ではなく「できない」というのはよっぽどだ。

何があったんだと眉をひそめる汀一の胸中に、ふと、一年以上前、この店を初めて訪れた時に聞いた言葉が蘇った。「蔵借堂」の読み方を尋ねた時、瀬戸は確かこう答えたのだ。

――暗がり坂に近いからね。そこに因んだとかそうでないとか……。

そうだよ、と汀一は心の中で自答した。あの時は聞き流してしまっていたが、あの言い方からすると、この店を立ち上げたのは瀬戸ではなかったと考える方が自然だ。

「あの、今さらですけど、蔵借堂って誰がいつ作ったお店なんです……？」

「ごめん。それも答えられない」

おずおずと汀一が発した言葉を受け、瀬戸が再び首を横に振る。当惑する汀一たちに、瀬戸は血色の悪い顔を向け、申し訳なさそうに苦笑いを浮かべてみせた。

「……うん。気になるのは分かるよ。君たちが訝るのも当然だ。でも、この話は——この話だけは、できないんだ。絶対に」

自分自身にも言い聞かせるように、瀬戸がゆっくりと言葉を紡ぐ。その口ぶりや表情はなぜかひどく痛ましく見え、汀一たちはそれ以上話を続けることはできなかった。


気まずい空気から逃れるように、二人はいそいそとカフェを出て隣の蔵借堂へ移動した。誰もいない売り場で二人きりになるなり、時雨は「瀬戸さんがあんなことを言うなんて……」と頭を振った。

「あんな風に言われてしまったら、あれ以上追及もできないが……」

「でも気になるって顔してるよ、時雨」

「……その通りだ。もし、この店の成り立ちについて何か後ろ暗いことがあるのなら、僕はそれを知っておきたい。ここの住人として、家族の一員として……」

上がりかまちに腰を下ろした時雨が深刻な声を響かせる。分かる、とカウンターの椅子に座った汀一がうなずく。

そもそも汀一も単なるバイトとは言え蔵借堂の関係者ではあるわけで、このままではすっきりしない。蒼十郎に話を聞きたかったが不在だったので、二人はとりあえず駄目元で、壁に吊るされた槌鞍に尋ねてみることにした。

創建の頃からこの店にいたかどうかは時雨も知らなかったが、このよく寝る木槌は間違いなく蔵借堂の古参メンバーではあるのだから、何か知っていてもおかしくはない。というわけで汀一たちは槌鞍を叩き起こしてみたのだが、返ってきたのは何ともそっけない答だった。

「蔵借堂が出来た頃の話？　知るかよ、そんな昔の話」

「えー」

ぶっきらぼうな回答を受け、汀一が露骨に落胆する。何か事情を聞いていないかと時雨が重ねて問うと、カウンターの上に置かれた魔王の木槌は、返事の代わりに大きなあくびを響かせた。

「ふわあああああああああ……。つうか、瀬戸の大将が話せねえってんなら、話せねえ事情があるんだろ。つまんねえことで起こすな」

「つまんないってことはないでしょう。時雨は本気で知りたくて聞いてるんですよ」

「知るかよ。こっちにしてみりゃ寝る方が大事なんだ。いざという時のために妖力溜めとかなきゃならんのだから」

「用がない時は勝手に起きてくるくせに」

「うるせえぞ汀一！　とにかく俺は寝るからな！　お休み！」

力強い声が店内に響き、それっきり槌鞍は静かになってしまった。カウンターに転がる古びた横槌を前に、時雨と汀一がどちらからともなく顔を見交わす。

「どう思う、汀一？　槌鞍さんは、過去の事情を聞いたとも聞いていないとも言わなかった。深掘りされる前に、強引に話を打ち切ったようにも見えたんだが……」

「それはそうだけど、でも、ちょっと疑いすぎじゃない？　槌鞍さんって元々、気乗りしない時は話に乗ってこない人だよね。それに、こんな風にずっと寝てたなら、お店の事情に詳しくないのも自然と言えば自然だよ」

「それも一理あるが……」

腕を組んだ時雨が難しい顔で溜息を吐く。汀一も一緒に首を捻ったが、二人が悩んだところで答が出るわけもない。

結局この日はこれ以上の進展はなく、わだかまりにも似た不安感を抱えたまま、汀一は時雨と別れ、祖父母の待つ家に帰ったのだった。

＊　＊　＊

その翌日、旅行疲れの抜けない汀一が朝寝を決め込んでいると、スマホに時雨からメッセージが届いた。

曰く、「昨日の件で、瀬戸さんのいないところで蒼十郎さんに話を聞いてみようと思う。とはいえ、いきなり創設者の話を振ると昨日の二の舞になりかねないので、漠然とした昔話や、最古の器物の妖怪についてそれとなく尋ねてみるつもりだ。亜香里も協力してくれると言っている」「今夜は瀬戸さんが町会の集まりで出かけるので、夕食は外で食べる予定だ。その場で少し聞いてみようと思っているんだが、汀一も来るか？」とのこと。

汀一としても昨日の瀬戸の態度は気になっているし、亜香里も来るというのなら断る理由は何もない。というわけで汀一は早速「行く」と返事を送り、夕方になってから、せせらぎ通りへと出向いた。

時雨が伝えてきた店は、せせらぎ通りにある焼き鳥屋だった。焼き鳥屋ということはお酒を飲む客がメインなのだろうし、高校生は場違いなのでは……とちょっと身構えた汀一だったが、店内には思いの外家族連れも多かった。蔵借堂の三人は既に来ており、汀一に気付いた亜香里が軽く手を振る。

「こっちこっち」

「あ、お待たせ亜香里。それに時雨に北四方木さんも……ええと、本日は、お招きいただきありがとうございます」

「何を堅苦しいことを。いいから座れ」

「はいはい。時雨はたまに急に冷たくなるよね……。おれ、ここ初めてなんだけど、蔵借堂の人たちってよく来るの？」

「たまに。蒼十郎さんがここの味好きなんだよね」

「ああ」

亜香里に話を振られた蒼十郎が軽くうなずき、汀一にメニューを差し出した。

その後、汀一を交えた四人は、テーブル席で焼き鳥やその他の串焼きなどを堪能した。ひと通り食事が済み、高校生組が食後のドリンクやデザートに、蒼十郎が三杯目の焼酎に移行したあたりで、時雨は「あの」と蒼十郎に語りかけた。

「山形で、古い器物の妖怪のことを聞いて……それでふと思ったんですが、最初の器物の妖怪って何なのか、蒼十郎さんはご存じですか？」

「難しい質問だな……」

時雨のそれとない問いかけに、蒼十郎は中身が半分ほど残ったグラスを持った手を止めた。元々武骨な顔立ちの妖具職人は、眉根をぐっと寄せて険しい顔になり、そうだな、と抑えた声を漏らした。

「器物の妖怪が圧倒的に増えたのは近世以降だが、それ以前の歴史も長い。そもそも器物の妖怪とは何なのか、そこを定義しないと正確なことは言えないが……。たとえば『風土記』には、機織り用の器具などが怪しい振る舞いを見せる話が載っているが、これは神の意志を示す現象とされているから、妖怪ではないだろう。道具が化ける妖怪としては『付《つく》喪神《もがみ》』が有名だけれど、これは室町時代以降に広まった話だな」

「ああ、道具は造られて百年経つと化けるというあれですよね」

「そうだっけ？　『百年経つと化けるから、その前に処分しよう』って九十九年目に捨てられた古道具が、『よくも捨てやがったな！』って怒って化ける話じゃなかったっけ」

時雨の相槌に続いて亜香里が口を挟み、蒼十郎が無言で首肯する。他の三人に対して圧倒的に知識の少ない汀一は、へー、と素直に感心し、その直後に疑問を覚えた。

「それだと、百年経ってないのに化けちゃってない？　時雨、どういうこと」

「僕に聞かれても困る。こういう話なんだから納得しろ」

「要するに、ある程度古くなった被造物には化ける素養が備わるであろう、ということだ。この話が広く知られた結果、古い器物の妖怪を総じて付喪神と呼ぶようにもなった」

「なるほど……。じゃあ、それより昔の妖怪もいるんですか」

「汀一がそんなことを聞くのは珍しいな……。俺もそこまで詳しくはないし、全ての記録が残っているわけでもないが、付喪神以前の器物の妖怪なら、平安末期の説話集に――」

と、そこまで話した時、ふいに蒼十郎が目を細めて口をつぐんだ。

穏やかな表情から一転、鋭い目になった蒼十郎は、汀一たち三人を見回し、もしや、と重たい声を発した。

「お前たち、蔵借堂の創設者のことを聞こうとしているのか……？」

「え。何で分かったんです――って、あっ！」

慌てて口を押さえる汀一だがもう遅い。亜香里が「バカ……」とつぶやいて天を仰ぎ、時雨が溜息を落とす中、蒼十郎はやれやれと首を振った。

「……なるほどな。昨夜、大将から釘を刺されたのはこのことか。大将にしては珍しく漠然とした言い方だったので、要領を得なかったが……」

「す、すみません、蒼十郎さん！」

良心の呵責《かしゃく》に耐え切れなくなったのだろう、時雨がいきなり頭を下げた。

深々と謝った時雨は、蒼十郎に自分たちの事情や動機を正直に告白し、その上で、改めて問いかけた。

「御前」と呼ばれた最古の器物の妖怪とは誰なのか。その妖怪が蔵借堂を作ったというのは本当なのか。それが本当だとしても違ったとしても、瀬戸はなぜそのことに触れようとしないのか……。

問いかけられた蒼十郎は、時雨や汀一、亜香里に見つめられる中、焼酎を飲み干しながら思案し、グラスを置いて口を開いた。

「……あいにくだが、店が出来た頃の話は俺も知らない。俺が金沢に流れてきた時には、既に蔵借堂は今の場所にあり、大将が一人で切り盛りしていた」

「そ、そうですか……」

「あの、お店を作った頃の話を瀬戸さんから聞いたりしなかったんですか？　それか、こういうことがあったんだろうなって推測したりとか」

残念そうに肩を落とす時雨の隣で汀一が食い下がる。その質問が意外だったようで、蒼十郎はぴくりと眉を動かし、彫りの深い顔を汀一に向けた。

「時雨が気にするのは分かるが、汀一は蔵借堂で育ったわけでもないだろう。なぜそうまでして知りたがる？」

「友達が気にしてるからって理由じゃ駄目ですか……？」

気圧されそうな自分を必死に制して汀一が答える。さらに「あと、おれだって一応バイトなので」と言い添えると、蒼十郎は納得したのか観念したのか、大きな溜息を一つ落として口を開いた。

「……正直に言うと、推測したことはある。実際、ある程度は予想も付いている」

「え」

「そうなんですか？」

「だったら――」

「だが、それを言うわけにはいかない」

勢い込んで身を乗り出した三人の前で、蒼十郎はきっぱりと言い切った。有無を言わせない断言で高校生たちを戸惑わせたベテランの妖具職人は、沈鬱な顔を少し伏せて申し訳なさそうに、それでいて明瞭にこう続けた。

「すまない。この話はここまでだ」

蒼十郎が精算している間、汀一たちは店の前で戸惑った顔を見合わせていた。

蒼十郎に聞けば何か分かるかと思ったのだが、謎は深まるばかりだ。せせらぎ通りに幾つも掛かった橋の脇、クラシカルな街灯の下で、汀一が時雨と亜香里を見回して問う。

「つまり……どういうことだと思う？　単に子供に聞かせたくない話だってことなら、それはそれでいいんだけど」

「うーん……。だったら、瀬戸さんも蒼十郎さんも素直にそう言うと思うんだよね。まだ聞かせたくない、って。でも、そんな感じでもなくない？」

「だよね。亜香里の言う通りだとおれも思うけど、時雨は？」

「僕が聞きたい。今のところ分かっているのは、蔵借堂を作ったのは御前と呼ばれる妖怪で、それはどうやら一番古い器物の妖怪らしい、ということくらいで……」

「でも、その妖怪が何なのかも分からないんだから――あっ！」

ふいに亜香里の声が途切れ、小さく開いた口から、はっ、と息を吞む音が響いた。急にどうしたんだろう。驚いた汀一が見つめる先で、青ざめた亜香里は口を押さえ、

「もしかして……」とか細い声でつぶやく。それきり黙り込んでしまった亜香里に、汀一は怪訝な顔で問いかけた。

「あ、あの……亜香里、どうしたの？　何か気付いた？」

「え？　う、うん、多分……。でも、ごめん汀一。これ、言えない」

汀一から目を逸らした亜香里が抑えた声でぼそりと告げる。

瀬戸や蒼十郎と同じような物言いに、汀一が面食らったのは言うまでもない。うろたえた汀一は、助けを求めるように時雨に目を向けたが――。

「し、時雨……？」

不安な声が自然と漏れる。

汀一が見つめた先では、時雨が――つい今しがたまで問題を共有していたはずの友人が

——愛用の傘の柄を握り締め、困った顔でうつむいている。

何かに気付いてしまった、できることなら気付きたくはなかった……と訴えるようなその表情に、汀一の呼吸が少し止まった。

顔を背ける友人に向かって、汀一が怯えたような声をおずおずと投げかける。

「時雨？　もしかして、時雨も……」

「ああ。想像は付いた。おそらくこういうことなんだ。だが、これは——」

「『言えない』……？」

言葉を先読みするように汀一が言うと、それを聞いた時雨は、心底申し訳なさそうな表情のまま、こくりと首を縦に振った。

その瞬間、汀一は自分の足下がいきなり崩落したようなショックを味わい、思わず川縁の手すりを強く摑んだ。

言えないって何でだよ。時雨が知りたいって言ったからおれは……。いや、それより、一体何に気付いたんだ？　どうしてみんな言おうとしないんだ……？

次々に疑問は湧き上がるのに、それを上手く口に出せない。怯えるように友人の顔を見比べる汀一の前で、時雨は亜香里と目くばせを交わし、汀一に向き直って頭を下げた。

「……すまない、汀一。この話はここでお終いにしよう」

「……なるほど。それでぼくのところへ相談に」

「はい」

＊　＊　＊

焼き鳥屋の店先で強いショックを受けた翌日、汀一は長町の武家屋敷跡界隈にある祐の自宅を訪れていた。

小春木家は藩政時代には代々祐筆を務めていた家柄であり、その屋敷は、往年よりも敷地面積が小さくなり、建物にも手が加えられているとはいえ、今も堂々とした風格を保っている。今日も和装の祐は、立派な庭に面した畳敷きの客間で汀一の話に黙って耳を傾け、一通りを聞き終えると眼鏡越しの目を汀一へと向けた。

「おおむね事情は理解しました。それで……葛城くんは、蔵借堂の方たちが、何かしらの悪意を持って隠しごとをしていると考えているのですか？」

「違います」

問いかけられた汀一は即座に首を横に振った。ほう、と祐が目を細める。

「根拠は？」

「……ありません。でも、それはないと思ってます。おれは、時雨たちとはまだ一年くらいの付き合いですが、時雨は……いや、時雨だけじゃありません。亜香里も、それに瀬戸さんも北四方木さんも、そんなことをする人じゃない。少なくともおれはそう理解してるつもりです。だけど――だからこそ、もし何か困ってるなら、せめて一緒に悩ませてほしいんですよ」

「なるほど。安心しました」

「はい？　あの、今の話に安心するところってありました……？」

「安心したのは葛城くんにですよ」

そう言って穏やかな微笑を浮かべ、祐はほうじ茶を一口飲んだ。

普段から和装で通しているだけあって、湯飲みを持つ姿も様になっているが、しかし自分に安心したってどういうことだろう。汀一は軽く首を傾げ、黄緑色の練り切りを口に放り込んだ。

口の中で柔らかい白餡がとろけ、上品な甘みがほろほろと広がる。さすが歴史のある武家屋敷、出されるお茶請けも上質だ。手作りの上生菓子ならではの舌触りと味を堪能した後、汀一はお茶を一口飲んで話を戻した。

「ともかく、そういうことで困ってまして……小春木さんなら何か気付かないかなって思ったんです。小春木さん、妖怪のことにもこの街の歴史にも詳しいじゃないですか」

「買いかぶられたものですねえ。ぼくはそんな大したものでもないですが……ただ、ある程度の予想はできます」

「え。ほんとですか!?」

「はい。蔵借堂を作ったという最古の器物の妖怪『御前』とは何者で、瀬戸さんたちはなぜその話題への言及を避けるのか……。筋の通った解答は、一応思いつきました」

「さすが小春木さん！　それってどうしてなん――」

「言えません」

大きなテーブルに汀一が身を乗り出すのと同時に、祐ははっきりと言い切った。

予想外の――ある意味では予想できていた――答に、汀一が唖然として静止する。

絶句する汀一の前で、祐は大きな溜息を落として頭を下げた。

「ご期待に添えず申し訳ないとは思うのです。ですが、ぼくの考えが正しいのであれば、おそらくこれは、口にするべきではないことなのですよ」

「どうして……って、その理由もやっぱり、『言えない』……？」

「……はい。当惑されるのも分かりますが……でも、人にも妖怪にも、掘り返されたくない過去というものはあるでしょう。今、何も問題が起きていないなら、それでいいではありませんか。ぼくはそう思います」

汀一だけではなく自分をも言い含めるように、祐がゆっくりと言葉を重ねる。汀一はどう返していいのか分からず、はあ、と気の抜けたような声を出すのが精一杯だった。

＊　＊　＊

祐の家を出ると、既に日は落ちかかっていた。

空はどんよりと曇り、分厚い雲の向こうに夕日が薄く見えている。心持ちがそのまま反映されたような曇天の下、汀一は家に帰るでもなく、ぶらぶらと歩いた。

長町から香林坊へ抜け、日暮れ時の百万石通りを片町方面へと進む。地元の買い物客や観光客でにぎわう歩道を黙々と歩いていると、その胸中に祐の言葉が蘇った。

——人にも妖怪にも、掘り返されたくない過去というものはあるでしょう。今、何も問題が起きていないなら、それでいいではありませんか。

分かります。汀一は内心でそううなずき、でも、と心の中で続けた。

祐の言っていることは確かに正論だが、自分は別に興味本位で首を突っ込んでいるわけではない。

妖怪の能力や特性というのは千差万別で、中には危険なものも少なからずいるということを、汀一はよく知っていた。それに、妖怪の中には、自身の姿を見せないまま、力を行使した痕跡も残さずに、狙った相手や不特定多数の心に働きかけることができるものがいることも、人間だけでなく妖怪に対して有効な力を持つものがいることもまた汀一は知っている。時雨の心に十年近く潜伏し続けていた縊鬼や、蔵借堂の人たちに自分を自然に受け容れさせたニライなどがいい例だ。

だとしたら、と汀一は歩きながら考える。

もしかして、蔵借堂にそういう何かがいたのではないか。

あるいは、今もいるのではないか。

そいつは何か理由があって自分の存在を隠したくて、自分に近づいたり気付いたりした人の思考を操っているのではないか……？

それが人間にとって危険な妖怪かどうかまでは分からない。けれど、昨夜の時雨や亜香里の態度は明らかに不自然だった。もし彼や彼女が既に何らかの力の影響下にあるとしたら……と、そこまで考えたところで、汀一はふと自嘲した。

「いや、普通は人間の方を先に心配するだろ」

呆れた声がひとりでに漏れ、「でもまあ」と汀一は自分で自分に反論した。

知らないどこかの誰かより、友人や、好きな子や、その家族の身を案じてしまうのは、これはもう仕方のないことだ。何かまずいことが起きているなら止めなきゃいけないし、せめて納得だけでもしたい。だったら――。

「……うん。そうだよな」

軽くうなずき、汀一は足を止めた。

気付けば汀一は片町を抜け、犀川《さいがわ》に突き当たっていた。金沢を流れる二本の大河のうちの一つで、その流れの速さから「男川《おとこがわ》」と呼ばれる雄大な川が、どうどうと音を立てて流れていく。蔵借堂の近くを流れる浅野川の、さらさらとした澄んだ流れとは対照的だ。力強さと勢いを感じさせる水流を土手の上から見下ろしながら、汀一はぐっと両手を握り締めた。

その日の夜、汀一は蔵借堂に電話を掛け、「急な話で申し訳ないけど、しばらくバイトを休ませてほしい」と告げた。

電話に出た時雨は「分かった。瀬戸さんや蒼十郎さんに伝えておく」とだけ答えた。バイトを休む理由を聞かれもしなければ引き留められもしないというのは、汀一にとってショックだったが、ある程度予想できていたので耐えられた。

時雨は何か言いたそうで、汀一としても聞きたいことはもちろんあった。だが会話は続かず、気まずく重たい空気の中、二人は「じゃあ」「ああ」とそっけない声だけを交わして電話を切った。

＊　＊　＊

翌日から、汀一は単身で調査を開始した。

と言っても別に読心術やハッキングが使えるわけではないので、さしあたって取れる手段は、昨日同様、何か知っていそうな相手に聞いてみることくらいだ。

汀一がまず尋ねたのは、先月に沖縄から来た日傘の化身、ニライであった。知り合いの中で事情に一番詳しそうなのは、ベテランの妖具職人にして博識で顔も広い塵塚怪王こと千里塚魎子なのだが連絡先が分からない。そもそも連絡手段があるのかどうかも分からない。その点ニライなら、歌南経由で連絡が取れるし、封印された万能の妖具のことを知っていた彼なら、まだ他に何か知っているかもしれない。

というわけで自宅の自室からまず歌南に連絡し、ニライに替わってもらったところ、記憶より数倍伸びやかな声がスマホから響いた。

「お久しぶりです、汀一さん。お元気ですか？」

「うん。そっちも元気そうだね」

「はい、おかげさまで……！　時雨さんに手入れしていただいてから、体の調子がすごくいいんです。ご飯の量も増えましたし、すぐに疲れることもなくなりました。先週は、歌南と一緒にウミガメの孵化《ふか》を見に行ったんですよ！」

「いいなあ、さすが沖縄！　相変わらず仲良さそうだね」

「はい。愛し合っていますから」

「相変わらず堂々と言うね……」

「本当のことですから。それで、今日はどうされたんです？」

「あ、うん。実は……」

説明しにくい話ではあるが、ここで渋っても仕方ない。というわけで汀一が事情をかいつまんで――ニライの隣にいる歌南から「分かりにくいです！」「もっと整理して」とダメ出しを受けながら――話したところ、ニライはなぜか口ごもってしまった。

汀一の持つスマホの向こうから「ニライ、もしかしてあのことと関係あるの？」「分からないけど……」などと小声が漏れ聞こえ、少し間を置いてからニライが言う。

「そのお話と関係があるのかどうか分かりませんが……先日、ぼくらが蔵借堂の物置に侵入したことは覚えておられますよね？」

「うん」

お決まりの「言えない」が返ってこなかったことにひとまず安堵しつつ、何の話だと思いつつ相槌を打つ汀一である。それが何かと問い返すと、ニライは神妙な声で続けた。

「実はあの時、物置の地下に強い妖気を感じたんです」

「物置の地下？　いや、あの下には何もないよ。おれ言わなかったっけ？」

「聞きましたし、そういうことになっているのも知っています。でも……体調不良のおかげで感度が鈍っていたせいかとも思ったんですが、回復した今は確信を持って言えます。あのお店の地下深くには、確かに何かがあるんです。あれは明らかに『良くないもの』で、そして、誰かが隠しているものでした」

「そんなことまで分かるの？」

「分かります。千里眼《せんりがん》も占いも神の特技で、それは即ちぼくの権能ですから」

「さすがニライ……。いや、でも、良くないものを隠してるって誰が？　蔵借堂の人たちが……？」

戸惑った顔の汀一が声をひそめて問い返す。手掛かりと言えば手掛かりだが、謎が深まっただけな気もする。どうか否定してくれと願いながら汀一が発した問いかけを受け、日傘の妖怪の少年は、否定も肯定もせず、ただ、「気を付けた方がいいとは思います」とだけ告げた。

＊＊＊

次に汀一が向かったのは、金沢市外の特別養護老人ホームだった。蔵借堂の面々とは昔からの顔なじみで、亜香里の祖母のような存在でもあった「椿女郎《つばきじょろう》」こと北新庄《きたしんじょう》春《はる》が、昨年からこの施設に入所しているのだ。

ゆっくりとした足取りで面会所を兼ねたロビーに現れた春は、汀一のことを思い出せないようだったが、「時雨や亜香里の同級生で蔵借堂のアルバイトの」「去年、卯辰山《うたつやま》のご自宅を引き払われる時、古い家具を引き取る手伝いに」などと説明すると、懐かしそうな声を発した。

「ああ、あの時の……。その節は本当にありがとうございました。何を思い出すにも時間が掛かるようになってしまいましてねえ」

「いえ、そんな……。お元気そうで安心しました」

「ありがとうございます。それで、今日は時雨くんは？」

ロビーの椅子に腰かけた春がきょろきょろとあたりを見回す。どうやら時雨と一緒に来たと思っているようだ。それも当然だよなと汀一は胸の内でつぶやいた。

面識が一応あるとはいえ、引っ越しの時に数回会っただけの高校生が一人で面会に来るのは、どう考えても不自然だ。汀一は「すみません。今日はおれ一人なんです」と断った上で、単刀直入に、かつ怪しまれないよう注意しながら用件を切り出した。

蔵借堂を作ったのが誰なのか知らないか。そう問われた古株の妖怪は、そうねえ、と遠い目になり、しばらく首を捻った上で口を開いた。

「私が福井から金沢に来た頃にはもう、蔵借堂はあそこにありましたからねえ……。新しいお店という感じでもありませんでしたし」

「そうなんですか。ええと、北新庄さんが金沢に来られたのって、確か九十年くらい前でしたよね？」

去年のやりとりを思い出しつつ汀一が尋ねる。見た目も言動も普通の老人なのでつい忘れてしまうが、春も立派な妖怪であり、並の人間とは成長や老化の速度が異なるのだ。春が上品な笑顔でうなずき、それを受けた汀一が続ける。

「ということは、明治か大正の頃にはもうあったと」

「そういうことになりますねえ……。そうそう、今お話ししていて思い出しましたけど、御一新の少し前に開店したという話をねえ、聞いたことがあったような……？」

「ごいっしん？」

「明治維新のことですよ。ああ、そうそう、お店を始められたのは瀬戸さんじゃなくて、もっと古い妖怪だという話も、誰かから聞いたような気もするけれど……」

「え。ほ、本当ですか？」

「どうでしたかねえ……。何しろ、昔のことなので……。最初は、おばあさんがいらっしゃったという話だったかしら？　瀬戸さんのお母さんかと思ったけれど、お店ができてしばらく経った頃に見えなくなったとか」

「瀬戸さんのお母さん？　すみません、それって誰に聞いたんです？」

勢い込んで汀一が問う。だが春は申し訳なさそうに白い眉毛を八の字に曲げ、「ごめんなさいねえ」と苦笑した。

「思い出せないんですよ。あの頃は今より妖怪の数も多かったし、私も仕事で大勢と関わっていたでしょう……？　日記を付けていたわけでもありませんし」

しみじみとした声で春が言う。その穏やかな表情からすると、隠しているわけではなく、どうやら本気で知らないか、あるいは忘れてしまっているようだ。お馴染みの「言えない」が飛び出してこなかったことに少しだけほっとしつつ、汀一は肩を落とした。

「そうですか……。分かりました。急に変なこと聞いてすみません」

「いえいえ。こちらこそお役に立てなくてごめんなさい。その頃のことが知りたいのなら、古い記録を見てみれば何か分かるかもしれませんけれどね……。ほら、金沢は、昔から筆まめな人が多い町ですから」

「なるほど。ありがとうございます」

「いいえ。……でも、どうしてそんなことを私に聞きに？　蔵借堂の人たちに聞けば、すぐ分かることでしょう」

「それは――」

春にしてみれば当然の疑問に、汀一が言い淀む。思わず目を逸らした汀一を見て何か事情があると察したのだろう、春はそれ以上追及しようとはせず、ぺこりと頭を下げ、穏やかな声でこう言った。

「時雨くんや亜香里ちゃんに、どうぞよろしくお伝えくださいね」

「……はい」

＊　＊　＊

春の入居している施設は、金沢の市街から見て山手側、つまり東南に位置している。春に別れを告げた汀一は、さらに山手に向かうバスに乗り、湯涌温泉《ゆわくおんせん》へ足を運んだ。

この古い温泉街の奥の森は、「狭霧《さぎり》」という妖怪の住処に通じている。見た目は若い女性である狭霧は、異界と現世の境目のような場所に小さな家を構えて暮らしており、汀一たちはこの温泉郷からそこに迷い込んだことがあるのだ。

狭霧の詳しい経歴は知らないが、かなりの古株かつ事情通であるのは間違いない。汀一は駄目元で温泉街の周辺をうろついてみたが、あの時のように霧が出ていないためか、単に歓迎されていないのか、あの世界に行くことはできなかった。

「まあ、仕方ないか」

屋外の足湯で足を温めながら、汀一は諦めと安心の入り混じった声を漏らした。

狭霧は決して悪人ではないものの、全く無害な妖怪というわけでもない。現世に絶望して迷い込んできた人間は動物に変えて森に放ち、現世に居場所を失った妖怪は二度と帰ってこられない場所へと送り届ける。本人としては善意でやっているらしいのだが、うっかり動物に変えられそうになった身としては、かなり身構えてしまう相手でもある。

「あの時は時雨がオコジョにされて大変だったっけ……」

汀一しかいない小さな足湯に、懐かしげな声がぼそりと響く。

と、「言えない」と口にした時の時雨の申し訳なさそうな顔、バイトを休むと伝えた時の何ともいえない声が自然と思い起こされて、汀一の胸の奥がぐっと痛んだ。

山形から帰ってきて数日しか経っていないのに、あっという間に時雨と疎遠になってしまった気がする。

もし、この一件が無事に解決したとして、自分は時雨と——それに亜香里や瀬戸たちとも——元通りの関係に戻れるのだろうか?

胸の内に響いたその自問に、汀一は答えることができなかった。

＊　＊　＊

さらに次の日、汀一は気を取り直して……と言うか、気を取り直せなかったが、そこを何とか自分を奮い立たせて、使い慣れた市内の図書館へと足を運んだ。

当初は片っ端から知り合いに尋ねて回るつもりだったが、自分には妖怪関係の知人が実はそんなに多くなく、しかも連絡が取れる相手となるとなお少ないということに汀一は薄々気付いていた。

たとえばカワウソの小抓はまず間違いなく自分よりも事情に詳しくないし、時雨が思いを寄せていた狐の女性、旧姓七窪《ななくぼ》菜那子《ななこ》さんは連絡先を知らない。その他、蔵借堂の店番をしていた時に訪ねてきた妖怪たちの中にも顔見知りの相手はいるにはいるが、これまた連絡先を知らないし、白頭や木魚達磨のように既にこの世にいない相手も結構多い。

そこで汀一は、春の「金沢は昔から筆まめな人が多い町」という言葉を頼りに、古い資料にあたってみることにしたのだった。

とりあえず郷土資料のコーナーに出向いてそれらしいものを見繕い、ついでに司書に相談して、該当しそうな資料を書庫から出してきてもらう。机の上に積まれた古びた本の山を前に、汀一は「なるほど」と得心した。

確かに過去の金沢についての記録類は多かった。

むしろ、多すぎるくらいであった。

時代は幕末から明治維新前後、蔵借堂のある一帯、尾張町や主計町が出てくるもの……と絞り込んでもなお、冊数は十冊を超えている。いずれも当時の日記や雑記で、目次や索引はないから、全部読まないと知りたいことが載っているのかどうかすら分からない。しかも問題はそれだけではなかった。

「読めない……！」

ぐねぐねとのたくったような墨跡を前に、汀一は頭を抱えて呻いた。

資料の中には活字に打ち直してあるものもあり、そういう本は、句読点が一切なくてかなり読みづらいとはいえ、どうにか文字を追える。だが崩し字は高校二年生にはあまりにハードルが高かった。古典は得意科目のつもりだったけれど、そもそも字が読めないと意味がない。

駄目元で崩し字の読み方についての本を持ってきてみたものの、基礎知識が足りていないようで全く役に立ってくれない。連なった文字列としばらく悪戦苦闘した後、汀一はこれはもう付け焼き刃では無理だと判断し、またも方法を変えることにした。

「行き当たりばったりにも程があるなあ、おれ……」

自嘲しながら次に向かった先は、民俗学や伝承についてのコーナーだった。

今回の一件の鍵が蔵借堂を立ち上げた「御前」なる存在で、その「御前」は最古の器物の妖怪らしいということまでは、どうやら間違いはなさそうだ。だったら、一番古い器物の妖怪とは何なのか、分かる範囲で調べてみようと思ったのだ。

「器物の妖怪の歴史」みたいな本があれば話は早かったが、そこまで都合のいい資料は見当たらなかったので、項目数が多そうな妖怪事典を何冊か抜き出して机に戻る。

「よし、やるぞ」

そう言って気合を入れ直し、汀一は事典の一ページ目から順に目を通していった。道具の妖怪らしいものが出てきたら、その名前と時代を手元のノートにメモしていく。

……もっと効率のいいやり方があるんじゃない？

……他に思いつかないんだから仕方ないだろ。何がヒントになるか分からないし。

そんな自問自答をしつつページを繰っていくと、見知った名前が幾つも現れ、何度も汀一の手を止めた。

唐傘お化けや送り提灯の項目には、知り合いがニュースで取り上げられた時のような妙な晴れがましさがあるし、野鎌や水熊など、自分を襲った妖怪の名前を見ると思わず背中に悪寒が走る。真冬にだけ現れる心優しい妖怪・氷柱女《つららおんな》の項目を読んだ時は、昨年の冬の出来事を思い出して泣きそうになった。正確にはちょっと泣いた。

と、そんな具合に半日掛けてひと通り調べ終えた後、汀一は机の上のノートに改めて向き直った。

「古そうなのはやっぱこのへんかな……」

そう小声でつぶやきながら、「今昔物語集」という文字列に赤いペンで丸を付ける。平安時代後期に成立したこの説話集には、赤い単衣《ひとえ》がどこからか飛んできて木に登り、それを弓で射た武士が死んだとか、京都の大路を踊るように歩んでいた油瓶《かめ》が、ある屋敷に鍵穴から侵入して住人を取り殺してしまったといった話が載っていた。ざっと調べた限りでは、人が作った物が妖怪となった事例の中では、これらが一番古い部類に入るようだ。

当時はまだ妖怪に名前を付ける文化がなかったようで、事典には「赤い単衣の怪」「油瓶の鬼」などというシンプルな名で紹介されている。「油瓶の鬼」の近くには、「油坊主」や「油赤子」「油返し」「油すまし」「油とり」など、同じ字から始まる妖怪の名が列挙されていた。何かの参考になるかと思ってそのあたりにも一応目を通したが、特に得られるものはなかった。

たとえば油すましという妖怪は、「昔、ここに油すましという、油のビンを下げた怪物がいたそうな」と話をしていると「今でもいるぞ」と言って出てきた……というだけのものので、だから何だと思わざるを得ない。説明の傍には、油のビンを手にぶら下げ、蓑をまとった、大きな頭の地蔵のような怪人の絵が添えられていた。

「まあ、こういうわけ分かんない妖怪も多いってことは知ってるけどさ」

抑えた声を漏らしてみたが、当然ながら相槌を打ってくれるものはいない。そのことを自覚した途端、張り合いのなさと寂しさ、それに徒労感などなどが一気にこみ上げ、汀一は図書館の椅子の背もたれに体重を預けた。そのまま顔を上に向けて天井を見ていると、視界の隅を見覚えのある顔が横切った。

「あ、葛城くんじゃん」

「ほんとだ……。こんにちは」

「え？　ああ、鈴森さんと木津さんか。こんにちは」

クラスメートの美也と聡子に挨拶され、汀一は姿勢を戻して二人に向き直った。

「こんなとこで会うなんて意外……でもないか」

「うん」

汀一の苦笑に聡子がうなずく。実際、地元の高校生が、夏休みの終わり頃に市内の図書館で出くわすのは別に不自然でも何でもない。と、聡子は汀一が机に積み上げていた本に目を向け、友人の美也と顔を見合わせて首を傾げた。

「どうして妖怪事典……？」

「しかもそんなに山のように。何？　自由研究？」

「まあそんなとこ」

「嘘を吐きなさい。そんな課題出てないでしょ」

適当な答を返した汀一を美也がすかさずじろりと睨む。一方、聡子は、あたりをきょろきょろと見回した。

「濡神くんは？」

「いや、今日はおれ一人だけど……何でみんなそれを聞くの？」

「『みんな』？」

「昨日も同じようなこと聞かれたんだよ。おれと時雨って、そんなセットに見えてる？」

「見えてる」

「見えてるねえ」

聡子と美也が声を重ねて即答する。汀一が返事の代わりにやるせない溜息を落とすと、聡子はふと心配そうに声をひそめた。

「もしかして……別れたの……？」

「いや、別に付き合ってないからね？」

「でも今の葛城くん、すごく寂しそう……」

「それは——まあ……うん。寂しいよ」

一瞬反論しかけた汀一だったが、結局、素直にこくりと首肯した。寂しいのは確かだし、ここで強がってみせても仕方ない。

「おれ、街中に時雨との思い出があるからさ。鼓門《つづみもん》にも、長町にも、卯辰山にも、金沢城公園にも、浅野川にも犀川にも……。だからもう、どこを見ても寂しくて」

「あー……。捨てられた女が、別れた彼氏を吹っ切れないやつだ……」

「昭和の女みたいだね葛城くん……。あたしには何もできないけど、ヨリ戻せるといいね！　あ、吹っ切りたいなら髪を切るといいと思うよ」

「だから別に失恋したわけじゃないし、そもそも付き合ってないからね？　……でも、ありがとう、木津さん、鈴森さん」

聡子と美也を睨んだ後、汀一が力なく笑みを浮かべてお礼を述べる。その表情がよほど弱々しく見えたのだろう、美也たちは「何かあったら相談してね？　まあ興味本位だし面白がるつもりだけど」「一応、心配してるのも嘘じゃないから……」と、ありがたいのかそうでないのか判断しづらい言葉を残して立ち去った。

二人を見送った後、汀一は気持ちを切り替え、改めて机の上のノートを見た。

妖怪事典から拾える情報はこれくらいが限度っぽいし、蔵借堂の過去を探るなら、やはり昔の金沢について書かれたものを読むしかなさそうだ。しかしそれが読めないとなると……。

「やっぱり、読めそうな人に頼るのが一番手っ取り早いか」

そうつぶやき、汀一は事典を棚に戻すべく立ち上がった。

＊　＊　＊

「はい、これがご注文のやつ。言われたところはテキストデータに直したし、おまけで、同じ時代の記録もいくつか適当に付けといた。全部このフォルダに入ってるから」

「ありがとうございます……！」

図書館で頭を抱えてから数日後の午前十時。汀一は歴史博物館の作業室で深々と頭を下げていた。

正面に立っているのは、日本中世史を専攻する大学院生であり、この博物館との共同研究にも携わっている梅本博郎である。よれよれのＴシャツ姿の梅本は、居心地悪そうに頭を掻き、手元のノートパソコンに目をやった。

使い込まれたパソコンの画面には、汀一が指定した資料のスキャン画像と、それに対応したテキストデータが並んで表示されている。

「いや、そんなお礼言われることじゃないって。君らには助けてもらったわけだし、大した手間もかかってないからね」

「そうなんですか？」

「今は崩し字を読めるソフトもアプリもあるから。まあ読解率百パーセントってわけじゃないけど、機械でざっと読んだ上で細かいところを直してやればいいだけだから、全部手作業でやるのとは段違いでね……。じゃ、俺は収蔵庫にいるんで、分かりにくいところあったら聞きに来て」

「はい。ありがとうございます。……ほんと、誰かに頼ってばっかりだな、おれ」

作業用の机の前の椅子に腰かけながら、汀一がぼそりと自嘲する。その一言に、部屋を出ようとしていた梅本は立ち止まり、振り返った。先日よりさらにぼさぼさになった頭を掻いた梅本が、「事情は知らないし、詮索する気もないけど……」と口を開く。

「別に頼るのは悪いことでもないでしょ。俺らのやってる研究も、先人の知恵と人脈あってこそ成り立つわけで……。困った時に誰に頼ればいいのかを知ってて、頼れる相手がちゃんといるなら、それは君の力だよ」

「おれの力……？　そうなんですかね」

「多分ね。だから卑下することはないいんじゃない？　って、これ、俺の先生の言葉の受け売りだけどね。ともかく、まあ、適当に頑張んな」

　照れくさそうに肩を揺すって笑い、梅本は作業室を後にした。残された汀一は梅本に感謝しつつノートパソコンに向き合い、やがて小一時間が経った頃、小さく息を呑んだ。

「あった……！」

　その時画面に表示されていたテキストは、浅野川近くの呉服屋の店主の日記だった。幕末の安政年間、主計町の茶屋街の一角に、荒物屋が閉店した跡地に古道具を商う道具屋が入った話を聞いたことが記されている。

「ええと……『古物を商う店の主は年の頃四十五十ばかりなる男にて、妻もなく子もなく、老いたる母のみ店の奥にありしと聞く。店の名を蔵借堂と号す』……。この『男』ってのが瀬戸さんだとして、『老いたる母』ってのが『御前』……？」

　眉根を寄せた汀一は前後のテキストに目を通したが、そこにはそれ以上の情報は記されていなかった。ならば同じ時代の周辺地域を扱った記事に手掛かりがないかと他のファイルを開いてみると、別の人の書いた雑記に、浅野川近くの茶屋街で人が襲われる事件が増えたという記述が目に留まった。

　時期は蔵借堂が開店してから少し後で、被害者はいずれも茶屋街を訪れた客。店を出て夜道を一人で歩いているところを何者かに襲われ、昏倒させられている。そのまま亡くなった人もいるようだ。

「……『その心身甚《はなは》だ衰弱し、下手人の顔形を尋ねてもいずれも答え覚束《おぼつか》ず。可笑《おかし》きことには物の怪の仕業なりと慄《おのの》き繰り返すものありと、我是を聞きて、こと深酒は身の毒と痛感し、以て他山の石と為すべしと』……」

生存者に尋ねてみても犯人の姿を答えられた人はおらず、物の怪、つまり妖怪の仕業だと繰り返す人もいたものの、それを信じるものはなかったらしい。この記事の筆者は酒に酔っていたせいだと決めつけているようだが、汀一にはそうは思えなかった。

何せ、実際にこの世界には——特にこの町には——妖怪がいるのだ。今も昔も。

この事件は犯人が分からないままいつの間にか収束したようで、そして騒ぎが収まってから少し経った頃、先の日記に蔵借堂についての記述が再び現れる。

「『鍋釜竈《へっつい》等を求めし店子とともにかの古道具屋を訪ねた折、店に居りしは主一人のみなり。老母なる嫗《おうな》の姿なく』……。つまり、いつの間にか蔵借堂から『御前』がいなくなって、瀬戸さんだけになってたってことだよな。これって……」

ふいに汀一の声が途切れた。

はっ、と息を呑む音が博物館の作業室に響き、頭の中で無数のピースが繋がっていく。マウスを握る手に汗をにじませながら、汀一は「まさか」とだけつぶやいた。

＊　＊　＊

その日の午後、汀一は久しぶりに尾張町方面へ足を運んだ。

茶屋街の玄関先には厄除けのための真新しいトウモロコシが吊り下げられており、今年もまた八月の下旬が巡ってきたことを告げている。今にも降り出しそうな空の下、ビニール傘を携えて蔵借堂を訪ねると、時雨が一人で店番をしていた。

古道具が並んだ見慣れた光景が汀一の心を落ち着かせ、また同時にちくりと痛める。カウンターに座って本を読んでいた時雨は「いらっしゃいませ」と声を掛けようとしたが、入ってきたのが汀一だと気付くと、軽く眉をひそめ、ぎこちなく声を発した。

「どうしたんだ？　バイトは休むんじゃなかったのか」

「うん。そうなんだけど……。ちょっと、聞いてほしいことがあってさ」

「聞いてほしいこと？　僕にか？　何なら、瀬戸さんか蒼十郎さんを呼ぶが」

「ううん、大丈夫。まずは時雨に聞いてほしいんだ」

重々しい雰囲気にはしたくないのだけれど、どうしても声が神妙になってしまう。深刻な雰囲気を察した時雨は、困惑したように顔をしかめ、カウンター前に置かれた丸椅子に座るよう促した。椅子に腰を下ろした汀一が口を開く。

「……あのさ。妖怪ってそれぞれ、個性って言うか、持って生まれた性《さが》みたいなものがあって、それに逆らえないいんだよね」

「出し抜けに何だ？　それはそうだが……。僕のように、『何をする妖怪』と定まっていない場合は自由が利くけれど、行動原理が定まっているものも多い。だからこそ縊鬼は執拗に他者に自害を促し、水熊は目に付いた相手を触手で捕らえて食べようとした」

「だよね？　それと、おれ、古い器物の妖怪のことを調べてみたんだ。残ってる記録の中では、平安時代の『今昔物語集』に出てくるものが一番古そうで……ここに『油瓶の鬼』ってのが出てくるんだ。見た目は普通の瓶だけど、人を襲う危険な妖怪だよ。言ってしまえばこれが最初の付喪神で……それで、瀬戸さんって瀬戸物の妖怪だよね？　もしかして、この油瓶の鬼って、瀬戸さんのお母さんみたいな存在なんじゃないかって思って」

「——待て、汀一」

汀一の語りを時雨がふいに遮った。古びたカウンターを挟んだ向かい側で、時雨が端整な顔を強張らせる。

「やめろ。それ以上話すんじゃない」

「ごめん、時雨。おれ、別に蔵借堂の人たちを責めるつもりはないから……。ただ、確かめたいだけなんだ」

「汀一！」

「お願い！　すぐ終わるから聞いてくれ、頼むから……！」

懇願するような悲痛な声とともに汀一が身を乗り出す。それに気圧された時雨が絶句した隙を突くように、汀一は口早に言葉を重ねた。

「蔵借堂を作ったのは、その油瓶の鬼だったんじゃない？　この鬼は一番古い器物の妖怪で、仲間の妖具も古い道具も大事に扱ってもらえる場所が欲しくて、おばあさんの姿に化けて、瀬戸さんと一緒にこの店を立ち上げた。でも油瓶の鬼はやっぱり人を襲う妖怪で、その本性を抑えきれなかったんじゃないの？　蔵借堂が出来たすぐ後、茶屋街のお客が何人も襲われたって記録を見つけたんだよ、おれ。その事件が収まった頃には、蔵借堂にいたはずのおばあさんがいなくなったって記録もあった」

「何!?　本当か？」

「こんな嘘なんか吐くもんか！　出せって言うならコピーも出すよ！　この犯人って、油瓶の鬼だったんじゃない？　で、瀬戸さんは、油瓶の鬼を――人を襲うことを止められなかったその妖怪を、仕方なくどこかに……多分この店の地下、物置のさらに下に封じ込めて、蔵借堂にとってそれはすごく嫌な思い出だから触れてほしくなかった……」

　そこまでを一息に言い終えると、汀一は大きく息を吸い、どうだ、と言いたげな顔を時雨に向けた。まっすぐ見つめられた時雨は、ふいに大きく天を仰ぎ、観念したように口を開いた。心なしかその顔は数分前より青白い。

「……おそらく、君の推理通りだ。しかし驚いたな。よくもそこまで独力で……」

「おれ一人で思いついたんじゃないよ。色んな人に助けてもらって、ヒントも貰って……。でも、何でそこまでして隠すわけ？」

「それは――」

　と、時雨が口を開こうとした時だった。

　ゴゴゴゴゴゴ……と地鳴りが響いたかと思うと、蔵借堂全体が大きく鳴動し始めた。陳列された商品が棚からバラバラと落下していく。

「な、何？　地震!?」

「違う！　くそ、思ったよりも早い――」

汀一がうろたえ、時雨が歯噛みする。そして時雨が「来るぞ！」と短く告げたその矢先、二人の眼前、床から二メートルほどの高さの中空に、古びた瓶が出現した。

高さはおおよそ六十センチ。中央が膨らんだ円筒形で、側面にはお札がべたべたと貼り付けられ、底には複雑な紋様が記されている。中に粘性の高い液体を湛えているのだろう、ちゃぷん、と音を立てながら宙に浮かぶそれを見て、汀一は思わず悲鳴をあげた。

「ひっ……！　な……何、これ……!?」

ガチガチと震える歯の隙間から、怯えた声が絞り出される。見た目はただのシンプルで古い瓶なのに、その中で殺気や敵意がどろどろと渦を巻いているのが五感全てに伝わってきて、何もされていないのに恐ろしくて仕方ない。カウンターにすがりつきながら、汀一ははっと息を呑んだ。

「もしかして……あ、油瓶の鬼……？」

汀一がそう口にしたとたん、宙に浮いた瓶は丸い口を汀一へと向けた。

瓶の内側はどろりと濁った油で満たされていたが、どういう力が作用しているのか、傾いても中身がこぼれる気配はない。

「何をしている！　逃げろ汀一！」

「え？　てか、こいつってやっぱり――」

「そうだ！　油すまし、い、は、自分のことを語った者の前に現れ、自分を呼んだ者を襲う！」

「そうなの？　でもそれって――待った！　今『油すまし』って言った!?」

「話は後だ、いいから下がれ！　生気を根こそぎ吸いつくされるぞ！」

おろおろと狼狽する汀一の前に、時雨が愛用の傘を手にして飛び出した。「行けるか？」と自問しながら時雨が傘を広げて妖気の壁を張る。その一瞬後、瓶――油瓶の鬼は、ヒュッ、と音を立て、周囲の空気と、眼前に立ちはだかる敵の妖気を吸った。

「……あ」

時雨が短い声を漏らした。その手から傘がポロリと落ち、直線的な痩身が糸を切られた操り人形のようにぐらりとよろける。

「時雨！」

駆け寄った汀一が慌てて時雨を支えたが、その顔色は真っ白だった。返事もない。

「し、時雨！　おい！　時雨、しっかり！　なあ！」

売り物が散乱した店内に、汀一の取り乱した声が何度も響く。愕然とする汀一と目を覚まさない時雨の前で、油瓶の鬼はゲップのような音を鳴らし、出てきた時と同じように、ふっと姿を消した。

車ノ前ニ、少サキ油瓶ノ踊ツヽ行ケレバ、大臣此レヲ見テ、「糸怪キ事カナ。此ハ何物ニカ有ラム。此ハ物ノ気ナドニコソ有メレ」ト、思給テ御ケルニ、大宮ヨリハ西、□ヨリハ□ニ有ケル人ノ家ノ門ハ被閉タリケルニ、此ノ油瓶、其ノ門ノ許ニ踊リ至テ、戸ハ閉タレバ、鎰《かぎ》ノ穴ノ有ヨリ入ラム入ラムト、度ヽ踊リ上リケルニ、無期ニ否踊リ上リ不得デ有ケル程ニ、遂ニ踊リ上リ付テ、鎰ノ穴ヨリ入ニケリ。

大臣ハ、此ク見置テ返リ給テ後ニ、人ヲ教ヘテ、「其ヽ《そこそこ》ニ有ツル家ニ行テ、然気無クテ、其ノ家ニ何事カ有ル、ト聞テ返レ」トテ、遣タリケレバ、使行テ、即チ返リ来テ云ク、「彼ノ家ニハ、若キ娘ノ候ケルガ、日来煩テ、此ノ昼方既ニ失候ニケリ」ト云ケレバ、大臣、「有ツル油瓶ハ、然レバコソ、物ノ気ニテ有ケル也ケリ。其レガ鎰ノ穴ヨリ入ヌレバ、殺シテケル也ケリ」トゾ思給ケル。

（『今昔物語集』巻第二十七『鬼《おに》、現油瓶形殺人語《あぶらがめのかたちとげんじてひとをころすこと》』より。□は欠字）

第六話　金沢古妖具屋くらがり堂

時雨が目を覚ました時、最初に目に映ったのは、自分に覆い被さるようにしてこちらを覗き込む誰かの顔だった。

視界は靄が掛かったようにぼやけていたが、意識が明瞭になり、目の焦点が合うと、覗き込んでいるのが汀一であること、この上なく心配そうな顔をしていること、汀一の周りには瀬戸や亜香里もいること、そして自分が蔵借堂のリビングのソファに寝かされていることなどが分かってくる。

うう……と声を漏らしながら上体を起こす時雨に、汀一が恐る恐る呼びかけた。

「時雨、大丈夫……？　おれが分かる……？」

「何を言っているんだ。汀一だろう」

「良かった……！」

「な――わっ？」

いきなり汀一に勢いよく抱きつかれ、時雨が驚いた声をあげた。汀一は盛大に涙ぐみ、「ほんと良かった」と繰り返しながら時雨の肩や背中をばんばん叩く。異様な感激ぶりに時雨は大きく眉をひそめ、傍らで見守る亜香里に困った顔を向けた。

「事態がさっぱり分からないんだが……」

「無理もないよ。汀一、ずっと心配してたんだから。油瓶の鬼に生気も妖気も全部吸われちゃったんじゃないか、もう目を覚まさないんじゃないか、だとしたらおれの責任だ……って。なだめるの大変だったんだよ？」

「……ああ。そうか。僕は、汀一を庇って……」

自分が意識を失ったいきさつを時雨はようやく思い出した。壁の掛け時計が示す時刻は午後六時。どうやら二時間近くも気を失っていたようだ。「大丈夫かい？」と瀬戸が時雨に声を掛ける。

「何があったかは葛城くんから聞いたよ。傘が結界になったんだろうね。力を根こそぎ吸われることは防げたみたいだけど……体の調子はどうだい？」

「軽い疲れはありますが、それだけです。特に異状はなさそうで……なあ、汀一？」

「何……？」

「とりあえず、そろそろ離れてくれないか？」

瀬戸への回答を中断し、時雨は自分に抱きついたままの汀一を見下ろした。「暑いし痛いんだが……」と言い足された汀一は、「時雨がそう言うなら」とおずおず離れて隣に座ったが、すぐに心配そうな顔のまま言葉を重ねた。

「って、ほんとに大丈夫？　安心させといて急に倒れたり消えたりしないよね？」

「しない！　それより瀬戸さん、あの妖怪――油瓶の鬼は、どこに？」

泣き出しそうな顔の汀一を一喝し、時雨が瀬戸に向き直る。真剣な顔を向けられた瀬戸は、座布団に座ったまま、首を力なく左右に振った。

「蒼十郎が捜してくれているけど、まだ見つかっていない。今のあの人は、人格や知性をまだ取り戻していないんだと思う。いわば、反射神経だけで動く、単純な機械か昆虫のような状態だから……捜すのは骨が折れるだろうね」

瀬戸が口にしたその言葉を——重みを感じさせる呼び名を——時雨は思わず繰り返し、亜香里や汀一に顔を向けた。問いかけるような視線を受け、汀一は亜香里と視線を交わしてうなずいた。

「……時雨が寝てる間に、瀬戸さんが全部教えてくれた」

汀一はそう前置きし、瀬戸から聞いた話を時雨に語った。

あの油瓶の鬼は、元来温厚な性格の持ち主で、器物の妖怪の中での長老のような存在であった。普段は老婆の姿に化けており、瀬戸をはじめとした同族からは「御前」と呼ばれて慕われていた油瓶の鬼は、使い捨てられる道具たちへの憐憫の情、そして忌避されがちな妖具たちに居心地のいい場所を与えてやりたいという思いから、瀬戸に手伝ってもらい、古道具屋を立ち上げたのだという。

「武器は壊すが道具は生む。だからこそ道具には意味があるし価値もある」という瀬戸のポリシーも、そもそも油瓶の鬼が口にしていたものだった。

だが油瓶の鬼は、同族を思いやる優しい「御前」であると同時に、人を襲って生気を食らう性を背負った妖怪でもあった。普段は理性で本能を抑えていても、どうしても周期的に本性が表出してしまい、そうなると当人も気付かないうちに本来の姿である油瓶に戻って、夜道で人を襲ってしまう。

襲える相手がいなければいいのだが、人口が多く、夜道を単身で出歩く者も多い金沢は、油瓶の鬼にとって絶好の狩場となってしまった。

おりしも蔵借堂の経営は軌道に乗りつつあった。この街の住人にこれ以上迷惑を掛けたくないと考えた油瓶の鬼は、瀬戸に自分を退治してくれと頼んだ。

だが、瀬戸には親代わりの相手を手に掛けることはできず、苦渋の決断の末、油瓶の鬼を蔵借堂の地下深くに封じたのだった……。

ひとしきり話を聞いた時雨は、「そうか」とだけ短く相槌を打ち、黙ったままの瀬戸を見やった後、汀一に向き直った。

「やはり、汀一の推理した通りだったな。大したものだ」

「ううん、そんなことないよ。油瓶の鬼が自分から退治してくれって言い出したとは思ってなかったし……それに、瀬戸さんや時雨たちが油瓶の鬼のことを口にしなかった理由も──油瓶の鬼のもう一つの名前のことも、おれは全然、気付いてなかった」

汀一はそう言って力なく頭を振り、ついさっき瀬戸と交わした会話を回想した。

＊＊＊

「──『油すまし』。それが、油瓶の鬼のもう一つの呼び名なんだよ」

　亜香里と二人がかりで時雨をリビングに運んで寝かせた後、瀬戸が口にしたその言葉の意味を、汀一は最初理解できなかった。

　確かに時雨も油瓶の鬼のことをそう呼んでいた。妖怪の名前が一定しないことも、複数の名を持つ妖怪がいることも知っているけれど……。

「いや、でも、油すましって、人間みたいな姿の妖怪ですよね？　図書館の本で見た絵では、頭の大きな地蔵みたいな格好で、蓑をかぶって、手に油のビンをぶら下げて」

「その絵は僕も知ってる。でもそれは、絵を描いた人が、文章から想像した姿だよね」

「文章から……？」

「そうだよ。そもそも油すましは、民俗学者の柳田国男《やなぎたくにお》さんが『妖怪名彙』に載せたことで有名になった妖怪だ。この時、柳田さんが参考にしたのが『天草島民俗誌』。柳田さんは、方言だった原文を標準語に直して、『こういう名の怪物』と紹介したんだけれど、その引用元の文章は確か、こんな内容なんだ。『一人の老婆が孫の手を引きながらここを通り、昔、油ずましが出おったという話を思い出し、「ここにゃむかし油瓶さげたとん出よらいたちゅぞ」と言うと、「今も──出る──ぞ──」といって出て来た』……。原文では『すまし』ではなく『ずまし』なんだけど、その違いはこの際置いておくとして……葛城くん、今の老婆の言葉の意味は分かるかい？」

「まあ、何となくは。『ここにゃむかし油瓶さげたとん出よらいたちゅぞ』だから、『ここには昔、油のビンを下げたものが出よったぞ』ってことですよね？　だよね、亜香里」

「うん、そうとも取れるけど……」

時雨の傍で二人の話に耳を傾けていた亜香里が、意見を求められて言葉を濁す。どういう意味だと汀一が眉をひそめると、亜香里は神妙な顔で続けた。

「でも、こういう風にも取れなくない？　『ここには昔、油瓶《かめ》が下がるという現象が起こったんだぞ』──って」

「え？」

亜香里がぼそりと口にした文章に、汀一は思わず眉根を寄せた。

そう解釈すると、出てくるものの種類が変わってしまう。『油瓶を下げた何者か』ではなく、『油瓶が下がる』という現象そのもの、あるいは下がってくる油瓶それ自体が妖怪だったことになるのだ。

「と言うか亜香里、今、ビンじゃなくて瓶《かめ》って言わなかった？」

「瓶《かめ》と瓶《びん》は同じ漢字だよ、汀一」

「え。……あっ！」

汀一の大きな声が静かなリビングに響き渡った。

茫然と立ち尽くす汀一の頭の中で、これまで関係ないと思っていた情報が、一つながりに連なっていく。

油すまし、あるいは油ずましはおそらく、「誰かが自分自身に言及すると、その場所に現れる」という特性を持った妖怪だ。それが油瓶の鬼と同一の存在であるのなら、明確な意思を持って油瓶の鬼を話題にするということは、油瓶の鬼を呼び出すのと同じ意味を持つことになる……。

ぞっと背筋が冷えるのを感じながら、汀一は、そうか、と震えた声を漏らした。

「だから……だから瀬戸さんはそのことを言えなかったんですね……！　説明するために口に出すと、油瓶の鬼が復活してしまうかもしれないから……。亜香里や時雨は最初はそのことを知らなかったけど、話しているうちに真相に気付いて――」

今なら、相談を受けた祐が「言えない」と告げた理由も分かる。油すましも油瓶の鬼も、市立図書館にある妖怪事典に載っている程度には有名な妖怪だ。ある程度知識がある人ならば元から知っていてもおかしくないし、そういう人なら、少し頭を働かせれば、自力で真相に気付くことも充分可能だ。

だから気付いた人は皆、口をつぐんだのだ。

なのに。

なのに自分は、根掘り葉掘り嗅ぎまわり、最悪の結果を招いてしまった……！

掛ける言葉が見つからないのだろう、黙り込んだ亜香里や瀬戸が見つめる先で、汀一は気を失ったままの時雨にすがるように目を向けた。

＊　＊　＊

「時雨、ほんとごめん……！　おれが余計なことをしたばっかりに……！」

ソファに腰かけた時雨の前に回り、汀一が勢いよく頭を下げる。やめてくれ、と時雨は首を左右に振った。

「汀一は何も悪くない。謝らなければならないのは僕の方だ。大勢の知人にあんな態度を取られたら理由が気になるのは当然だろうし、そもそもこれは蔵借堂の――僕ら、器物の妖怪の問題だ。そこに君を巻き込んでしまったわけだから……」

「……そうだね。時雨くんの言う通りだ」

そう言って嘆息したのは、座布団に腰を下ろした瀬戸だった。

一連の事件の真相を唯一最初から知っていた人物――妖怪は、少年たちが向き直った先で、それはもう痛々しい苦笑いを浮かべ、肩をすくめた。

「そもそもの責任を言うなら、一番悪いのはこの僕だよ。あの人を退治も追放もできず、封印という手段を選んだのは、他でもない僕なんだから……。遅かれ早かれこうなるって、分かっていたはずなのにねえ……。本当に、申し訳ないことをしてしまった」

「え？　いや、瀬戸さんが謝ることじゃないですよ……！　だって、悪いのはどう考えてもおれじゃないですか！　おれが首を突っ込みさえしなければ……いや、突っ込んじゃった後でも、油すましがどういう妖怪なのかをちゃんと理解できてたら、何も起こらなかったわけでしょう？」

うなだれる瀬戸に汀一が思わず食い下がる。事情や経緯がどうあれ、油瓶の鬼を覚醒させてしまった当人としては、ここは譲れない一線だった。汀一は瀬戸の前に座り込み、勢いよく頭を下げた。

「本当に……本当に、すみませんでした！」

「葛城くん……」

汀一の声量に気圧されたのか、瀬戸が口ごもる。

頭を下げたままの汀一と黙り込んだ瀬戸の二人を、時雨と亜香里はただ不安げに見守っている。重たい沈黙は数秒続き、ややあって、瀬戸がゆっくりと口を開いた。

「顔を上げなさい、葛城くん。うん、君の気持ちはよく分かる。……でもね。僕は、やっぱりこれは、こっちの責任だと思うんだ」

「ですけど、おれが――」

「聞くんだ」

汀一の反論に瀬戸の一声がすかさず被さる。いつも物腰の柔らかい瀬戸がこんな物言いをするところを見るのは初めてで、汀一は思わず押し黙った。静かになったリビングで、瀬戸は、目の前の人間と、すぐそばで黙って耳を傾ける若い妖怪たちに言い聞かせるように言葉を重ねた。

「あの人を……油瓶の鬼という危険な妖怪をこの街に連れ込み、中途半端に封じた上で、のうのうと店を続けていたのは、他でもない僕なんだ。そこはどうしようもない事実なんだよ。その結果、ただのアルバイトである君を巻き込んでしまって……」

「……巻き込まないでほしいなんて頼んでないですよ、おれ」

今度は汀一が瀬戸を遮る番だった。汀一が思わず発したその一言に、瀬戸の眼鏡の奥の目が虚を衝かれたように丸くなる。汀一はまずその顔をまっすぐ見つめ、続いて時雨や亜香里を見やった上で、瀬戸に向き直って言葉を重ねた。

「おれにしてみれば、このお店の人たちとは……あ、今の『人たち』は『人間たち』って意味じゃないですよ？　このお店のみんなとは、親しくなれたつもりなんです。だから、これは前に時雨にも同じようなこと言いましたけど、そっちは人間でこっちは妖怪だからって、いきなり壁を作られる方がむしろ辛いです」

「……そうか」

「そうですよ！　それに、今回はやっぱりおれが悪かった。時雨は悪くないって言ってくれましたけど、そうだったとしても浅はかだったのは確かですから……。反省してもどうにもならないけど反省します、と言うか反省してます……！　油瓶の鬼を復活させてしまったことも……それに、瀬戸さんに辛い記憶を思い出させてしまったことも……本当にすみませんでした……！」

瀬戸に口を挟む隙を与えないまま口早に言葉を重ね、汀一は再度頭を下げた。

瀬戸や時雨や亜香里がどう思ってくれていようと、自分に責任があるというのは、汀一の中で既に揺るがないし、揺るがすつもりもない事実となっていた。これはもう何を言われても変わらない。

開き直ったような謝罪を受けた瀬戸は、食い下がってもキリがないと思ったのか、あるいは汀一の気持ちを理解したのか、何度目かの溜息を落とし、柔らかい声を発した。

「……分かったよ」

「はい。ありがとうございます」

「礼を言われることでもないけどねえ。……しかし、真相を知って驚いたろう？」

「え？　いやまあ、驚いたのは確かですけど、それより……あの、こんな言い方は変だし、不謹慎かもですが……おれ、本当のことを知って、ちょっと嬉しかったんです」

「『嬉しい』？」

汀一がぼそりと発した言葉に瀬戸が眉根を寄せ、ソファの時雨や絨毯の上に座る亜香里も首を傾げる。「どういうこと？」と亜香里に尋ねられ、汀一は少し言葉を選んだ後、一同を見回して口を開いた。

「油瓶の鬼を封印したいきさつも、瀬戸さんや時雨や亜香里が隠し事をした理由も、どれも共感できるものだったから……。やっぱりみんないい人だなって思えて、それが嬉しかったんだ。あ、嬉しいって言うか『安心した』って感じかな？　だからさ時雨」

「何だ、急に」

「時雨も、おれを巻き込んだことを謝らないでほしいんだ。おれの方は、蔵借堂でバイトを始めて、時雨と友達になれたのは、すごく良かったことだから」

「そ、そうなのか……？」

「そうだよ！　一人で調べものしてる時、すごく寂しかったんだからな？」

「いや、そんなことを僕に言われても困るんだが」

「強がっちゃって。時雨も寂しがってたくせに」

　顔をしかめる時雨に対し、亜香里が呆れた声を投げかける。「そうなの？」と汀一が尋ねると、亜香里は嬉しそうにうなずいた。

「もうずっと、心ここにあらずって顔でね。口を開くと『汀一はどうしているだろう』『気に病んではいないだろうか』って、そればっかり」

「なぜそれを言う！　大体、亜香里こそ、汀一のことをずっと気にしていただろう」

「そりゃするでしょ。実際、心配だったもん」

　顔を赤らめた時雨の言葉を亜香里はまっすぐ受け止めてみせ、「心配させてごめんね」と汀一に笑いかけた。芯の通った強い笑顔に、ドキンと汀一の胸が熱くなる。

　……ああ。やっぱりおれ、この子のことがめちゃくちゃに好きだ。

　改めてそう確信する汀一の前で、亜香里は一同を見回し、仕切り直すようにパンと手を叩いて言った。

「よし！　じゃあ責任の話も謝るのも、もうお終いね」

「はい？」

亜香里の唐突な宣言に汀一が戸惑った。何がどう「じゃあ」なんだ。話が繋がっていない。瀬戸も同じく困惑したようで、首を傾げて眉根を寄せた。

「いきなりお終いと言われても……そう簡単に割り切れるものでもないよ、これは」

「そうだぞ亜香里。瀬戸さんの気持ちを少しは考えろ。これで責任を感じないわけが」

「……待った。おれ、亜香里が正しいと思う」

瀬戸と時雨の重たい言葉を遮ったのは汀一だった。

急に話を変えられたので一瞬首を捻ってしまったけれど、考えてみれば確かに亜香里の言う通りだ。皆の視線が集まる中、汀一は足に力を入れ、ぐっと立ち上がった。

なぜここで立ったのかは自分でもよく分からなかったが、何となく、これから口にする内容は、座ったまま話すべきことではない気がした。

「聞いてください、瀬戸さん。元凶のお前が言うなって話ですけど……色々不幸な食い違いだったとは思います。でもこれ、それだけの話だとも思うんです」

「『それだけ』……？」

問い返したのは時雨だった。そうだよ、と汀一は強くうなずく。

「人間と妖怪は色々勝手が違うから、食い違いやトラブルもよく起こる。でもそれは人間同士でも同じことで、と言うか、大勢が同じ世界、同じ町に生きてる以上、そうなるのはもう仕方ないんだよ、多分。もちろん何も起きないように気を付けるのは大事だけど、それでも予想外のことはやっぱり起きて、何かあったらその都度解決していくしかない……。蔵借堂に通うようになって、おれはそう思うようになったし、亜香里が言いたいのもそういうことだと思うんだ。だよね、亜香里？」

「え？　いや、別にそこまで大きな話をしたつもりはないんだけど……でも、うん。まあ、そうかな？　そんな感じ」

笑顔になった亜香里がきっぱりと首を縦に振った。力強い声と笑みが汀一の背中をそっと押す。汀一は「ありがとう」と亜香里にうなずき返し、改めて瀬戸に向き直った。

「というわけで、瀬戸さん――おれ、今からめちゃくちゃ勝手なことを言いますけど」

「何だい？」

「はい。責任とか、誰が悪いとかって話は、一旦全部置いときませんか」

「全部って……全部かい？」

「全部です」

目を丸くした瀬戸の前で汀一が即座に首肯する。

「だって、今一番大事なのは、油瓶の鬼を止めることですよね？　じゃあ今はまずそのことを考えませんか？　おれは油瓶の鬼にこれ以上人を襲わせたくないし、瀬戸さんもそれは同じでしょう？」

「それは――そうだよ！　当たり前じゃないか！」

汀一に問われた瀬戸がはっと大きく息を呑む。罪悪感に苛まれるあまり、そのことにまで思いが至っていなかったようだ。ですよね、と汀一が続く。

「だったら今は手を考えないと！　反省は終わってからしましょうよ！」

そう力強く言い切り、汀一は瀬戸をまっすぐに見た。数秒の静寂がリビングに満ち、時雨がおずおずと口を開く。

「……瀬戸さん。僕も汀一と亜香里に賛成です」

「ありがとう時雨！　……ってお前、今の今まで責任がどうこう言ってたくせに」

「考えが変わったんだからいいだろう！」

嬉しさと呆れの入り混じった目を向けられ、時雨が顔を赤らめる。一方、瀬戸は、はあっと大きく息を吐き、ゆっくりと顔を上げて口を開いた。

「……そうだね。確かに君たちの言う通りだ。優先順位を間違えちゃいけないよね……。しかし、驚いたなあ……」

「驚いたって、何にです？」

「いや、ついこの間まで子供だと思っていた君たちに諭されることになるとはねえ……。年を取らない身だとつい忘れてしまうけど、成長というのは本当に早い」

「瀬戸さん、しみじみするのも後でね」

腕を組んで述懐する瀬戸に亜香里が苦笑し、そうだね、と瀬戸が柔らかく応じる。皆、いつもの調子が戻ってきたようだ。汀一は時雨と顔を見合わせて安堵し、ソファに腰を下ろして三人を見回した。

「で、具体的にどうすればいいと思う？　北四方木さんはまだ、油瓶の鬼を見つけられてないんだよね」

「連絡がないところをみるとそうだろう。瀬戸さん、追跡する方法はないんですか？」

「うーん……。あの人は古い鬼だから、文字通り神出鬼没でねえ。瞬間移動を繰り返すから、追うのはちょっと難しいかなあ」

「呼びかけて出てきてもらって説得するってことはできないの？　本性はどうあれ、ちゃんと理性がある人なんでしょ」

「亜香里ちゃんの気持ちも分かるけど、それも難しいんだよねえ。あの人の理性は、長い時間を掛けて他者と関わる中で育まれたものだ。でも今のあの人は、ずーっと封じられていたおかげで、培われていたはずの理性は消え、狂暴な本性が表面化してしまっている。邪気と言うか邪念と言うか、とにかくそういうものに支配されてしまっている状態なんだよ、多分。で、こうなってしまうと、狙った相手を……つまり、自分自身を呼び起こした相手を取り殺すまで、あの人はもう止まらない」

「なるほど……って、その『狙った相手』って、もしかしておれ？」

瀬戸の説明に相槌を打った直後、目を丸くした汀一がそっと自分を指差す。その間抜けな仕草に、瀬戸は眉をひそめ、時雨と亜香里は揃って口を開いた。

「もしかしなくても君だ」

「もしかしなくても汀一だよ」

「そ、そうなんだ……。でもまあ、誰が襲われるか分からないよりはまだいいよね！　結果オーライだ！」

「そんな結果オーライがあるか」

無理矢理明るく笑ってみせた汀一の緊張感のなさに時雨が呆れ、「襲わせてたまるか」と言い足した。そうだね、と瀬戸が同意し、汀一を見る。

「今のあの人の第一の獲物は間違いなく君だよ。だから、どうか気を付けてほしい。それと、もう一つ心配なのは――」

と、瀬戸がそう言いかけた時だった。

ガタガタと激しい振動音が、売り場や蒼十郎の工房に通じるドアの向こうから響いてきた。大勢が一斉に足を踏み鳴らすような騒音に、一同は揃って立ち上がった。瀬戸が「まずい！」と頭を抱える。

「もう始まったか……！」

「始まった、とは？」

「油瓶の鬼は、日が落ちると活性化するんだ。元々、夜の平安京に出た鬼だからね。そして厄介なことにあの人は、危険な妖具を焚き付け、暴れさせる力をも持っている。戦うために作られたもの、誰彼構わず襲うもの……。あの人の妖気は、そういう妖具の攻撃性を呼び起こしてしまうんだ。『火に油を注ぐ』というやつだね」

「なるほど……！　油瓶の鬼だから油を注ぐわけですね」

「え。そういうものなの？　と言うか、そんなことまでできるなんて、いくら何でも厄介すぎない……？」

納得する時雨の隣で汀一が思わず眉根を寄せる。蒼十郎は以前「古来、容器や器は強力な妖具になりやすい」と言ってはいたし、実際、釜妖神も強かったが、話を聞いている限り、油瓶の鬼は別格だ。

「やっぱり古いから強いってことですか、瀬戸さん？」

「え？　どうだろう……。考えたことはなかったけど、確かにあの人の力は、並の器物の妖怪とは桁が違うんだよねえ。何か原因があるのか――って、それより今の音だ！　ひょっとして売り場か工房の妖具たちが……」

「わたし様子見てくる！　汀一たちは、どうしたらいいか考えといて！」

そう言い残し、亜香里が勢いよくリビングを飛び出していく。「気を付けてね！」とその背中に声を掛け、汀一は瀬戸や時雨に向き直った。

「亜香里も言ってましたけど、どうにか理性に訴えて説得ってできないんですか？」

「だから今のあの人にはその理性が戻っていないんだよ……！　邪気を全部押し流してしまえば、一時的に正気に戻るかもしれないけれど、それも結局その場しのぎでしかない。となると、やっぱり……二度と戻ってこられないところに送るか、壊すしかないよ」

苦しそうな声で瀬戸が言う。絞り出すようなその声を聞いた一瞬後、汀一と時雨は「駄目です！」と声を揃えて叫んでいた。反論された瀬戸が青ざめた顔を上げて言い返す。

「そりゃ僕だっていやだよ！　でも妖怪は本性には逆らえない……。葛城くんには分かりにくいかもしれないけれど――」

「おれだってそのことくらいは知ってます！　一年以上ここにいるんですよ？　それに、油瓶の鬼は――御前さんは、自分の本性に逆らおうとした人なんでしょう？　そんな人を手に掛けるなんて……！」

「そうです！　僕は直接の面識はありませんが、蔵借堂を作ってくれた人ならば、僕ら器物の妖怪にとっては大恩人だ」

「で、時雨にとっての恩人なら、おれにとっても同じです！」

「ちょっと待った！　いや、時雨くんがそう言うのは分かるよ。でも、葛城くんにとっても恩人なのかい……？」

「当たり前じゃないですか！　だって、もしその人がいなかったらおれは、時雨にも亜香里にも――一番の親友とも、一番好きな人とも知り合えなかったんですよ！」

瀬戸に怪訝な顔を向けられた汀一が必死の声を張り上げる。リビングに響き渡ったその宣言に、瀬戸は気圧されたのか黙り込み、時雨も「汀一……」と息を呑む。

そして部屋が静まりかえった、その直後。

そーっ……と静かにドアが開き、亜香里がおずおず顔を出した。

心なしかその顔は上気しており、汀一が目を向けると、すすっと視線が逃げていく。居心地の悪そうなその表情に、汀一は今しがた大声で叫んだ内容を思い出した。

今はそれどころではないと分かりつつも、心臓がばくばくと騒ぎ始める。顔が熱を帯び、背中が冷えていくのを感じながら、汀一は恐る恐る口を開いた。

「……あ、あの、亜香里……？　もしかして、今の聞こえてた？」

「な、ななな、なっ、何の話？　聞いてないけど？　いや何の話か知らないけどね？」

あからさまに挙動不審になった亜香里が、棒立ちで首をぶんぶんと横に振る。気まずさを全開にしながら真っ赤な顔で見つめ合う二人を前に、時雨は顔を覆い、業を煮やした声で割り込んだ。

「……亜香里。売り場と工房の様子は」

「はい？　あ、そうだ！　忘れてた！」

「忘れるな！」

「仕方ないでしょうが！　えと、あの、工房に積んであった妖具の箱がいっぱいあったでしょ？　あの山が崩れて、全部空っぽになってた！」

「何!?」

「しまった……！」

今度は時雨と瀬戸が慌てふためく番だった。その二人が青ざめたのから一瞬遅れ、汀一の脳裏に、少し前に時雨から聞いた言葉が蘇る。

——工房に山と積まれた木箱の中身はいずれも、扱いの難しい危険な妖具だ。しかも、これまで扱ってきた妖具とは別の文化圏のものだから、特性もよく分かっていないものが多い。

「あ、あのさ、時雨……？　もしかしてその箱の山の中身って、北四方木さんが北海道から持って帰ってきた……？」

「もしかしなくてもそれだ！　いずれも指折りで曰く付き、かの地の荒ぶる妖具たちだ……！　あの数が一斉に街中に転移させられ、暴れ出したとなると……」

「ちょっとこれは……僕らだけでは、手に負えない感じかなあ……？」

絶句する時雨の後を瀬戸が受け、ああ、と懊悩の声をあげる。

頭を抱える瀬戸を前に、汀一たち高校生三人は蒼白な顔を見交わした。

＊
＊
＊

金沢市の中心部、武蔵ヶ辻に隣接する近江町市場は、この街を代表する観光地の一つである。新鮮な魚介を扱う鮮魚店や青果店や精肉店、寿司屋や海鮮問屋などが建ち並び、観光客や地元住民で年中賑わうアーケード街は、この日の夜、ヒュンヒュンと高速で飛び回る何かによって、めちゃくちゃに荒らされてしまっていた。

視認できないほどの速さで飛ぶ影が一閃する度に照明が砕けて火花を散らし、鮮やかな看板が切り裂かれて水浸しの道路に落下する。しかも飛び交う影は一つではなかった。

観光客や店員は既に逃げ去ってしまったか、あるいは建物内に閉じこもっているのか、人の気配は不自然な程に感じられない。

そんな静まりかえった商店街に、長身の女性がふらりと現れた。

Tシャツにダメージジーンズというラフな出で立ちで、手には大きなトランクを提げている。逃げ遅れたのか迷い込んだのか、あたりを見回すその女性の姿に、看板を破壊していた影たちが中空で静止した。

柄に精緻《せいち》な彫刻が施された儀礼用の刀と槍、そして光沢のある鱗《うろこ》の細身の蛇。

三者三様の姿の妖怪たちは、獲物を見つけたと言わんばかりに刀身や穂先、尖った牙をぎらりと光らせ、我先にと女性に向かって飛び掛かり……その一瞬後、女性にまとめて殴り飛ばされた。

ドゴオオオン、と妖怪たちがアスファルトやシャッターにめり込む音が派手に轟く。

長身の女性は転がっていた自販機の上にトランクを置き、拳をゴキリと鳴らして笑った。

「おうおう、派手にやっとるのう！　見たところ、人食い刀の『イペタム』に人食い槍の『イペオプ』、それに蛇の姿に化けるという宝刀『マッネモショミ』か？　いずれも、かの地の名のある妖具とお見受けいたしたが……そうそう、お初にお目見えいたします、手前、姓は千里塚、名は魎子と発します！　またの名を塵塚怪王と――」

長身の女性――魎子が堂々と名乗りを上げる。その挨拶を無視するように、蛇の姿のマッネモショミが再び飛び掛かったが、あっけなくパンチで撃墜された。

「名乗りくらいは言わせんかい！　まったく、これじゃから、頭に血が上った連中は……。まあ、ずっと仕舞いこまれておったんじゃろうし、暴れたくなる気持ちも分かるがな。破門したとはいえ可愛い元弟子に頼まれた以上、こちらも手加減はできんぞ？」

軽く腰を落として身構えた鰤子が不敵に笑う。さらに鰤子は「お主は下がっておれよ、小抓」と肩越しに後ろを振り返り、同行しているはずの小さな弟子の姿が見えないことに気付いて眉をひそめた。

「小抓？　どこ行きおったんじゃ、あいつ？　そう言えばしばらく姿を見ておらんが――まあいいか！」

＊＊＊

鰤子が「まあいいか！」と笑いながらイペタムに殴りかかっていた頃、金沢城公園の一角、五十間長屋の前に広がる芝生の上を、一匹のカワウソが必死に逃げていた。

追っているのは巨大な木彫りの熊である。身の丈はおおよそ二メートル、本体同様に木製の鮭をくわえており、しかも一歩踏み出すごとに熊の巨体は膨張していく。

地響きを立てながら猛追してくる熊の姿に、カワウソ、またの名を川瀬小抓はずっと怯え、走りながら甲高い声で絶叫した。

「あのアホ師匠！　また弟子を落っことしやがって！　こっちはあんたほど足が速くない

し強くもねえから気を付けろって、何度言ったら分かるんだ！　ああもう、くそ、来るな畜生！」

「おや。これはこれは。小抓くんではありませんか」

　小抓の叫びに呼応するように、その前方の暗がりから落ち着いた声が響いた。歩み出てきた声の主は、眼鏡をかけた和装の少年だ。万年筆と手帳を携え、気さくに微笑むその姿に、小抓はきょとんと立ち止まった。

「お前……祐か？」

「ええ。覚えていてくれて光栄です。しかし小抓くん、いつどうやって金沢へ？」

「何かひょろっちくてナヨナヨした男が師匠を呼びに来たんだよ。沖縄の傘の妖怪って言ってた。手が足りないから手伝ってほしいって――ってか、話は後だ！」

　怯えた小抓がスルスルと祐の肩から頭上へ駆け上り、「あいつ！」と前足で木彫りの熊を指し示す。祐を警戒しているのか、鮭を噛み締めながら低い声で唸る熊のサイズは、今や三メートルを超えていた。興味深げに祐が眼鏡の奥の目を細める。

「成長する木彫りの熊……？　はは あ、いかにも北海道らしい妖具ですね。比較的新しい伝承のようですが、そこも含めてこれはなかなか面白い。小抓くんは彼に追われていたわけですか？」

「そうだよ！」

「まあまあ落ち着いて。しかし、奇遇ですね」

「奇遇って何が」

「実はぼくも追われていたところでして」

祐がそう言ったのと同時に、五十間長屋の屋根瓦を打ち砕きながら、一抱えもある臼《うす》が二人の眼前に降ってきた。殺意を漲らせながら振動する臼を見て、小抓が黒い目をぎょっと見開く。

「何こいつ？」

「『ニスオッカヨ』。アイヌの神謡に登場する臼で、物語の中では化け物に止めを刺す役割を担う存在です。目に付いた妖怪を狙う習性があるようで、さっきからぼくを押し潰そうとしてくるんですよねえ」

「してくるんですよねえじゃねえし！　なあなあ、挟まれたけど大丈夫なのか……？　無理そうなら早めに言えよ？　お前置いて逃げるから」

「ご安心を。広い場所に出たのは、相手の姿をじっくり見るためです。ぼくの力は対象を観察して初めて使えるものですから――」

そう言うと祐は万年筆を握り直し、左手の手帳を胸元にまで持ち上げた。書物の精の力を宿した双眸で、前後を挟む熊と臼とを見回しながら、祐は和やかな声を漏らした。

「この件が落ち着いたら、鏡花の名作を朗読してあげますね。お楽しみに」

「ええ……」

＊　＊　＊

「え……ええいっ……！」

金沢駅の東口に少年の悲痛な声が轟いた。変声前の高い声質は迫力に欠け、むしろ弱々しくすらあったが、その印象とは裏腹に、少年――蒲葵ニライから放たれた衝撃波の威力は凄まじかった。

ニライから同心円状に拡散した不可視の波は、妖怪や悪神を刺し貫いて懲らしめる役割を持つ鋭い針「アネケムオッカヨ」、古い算盤が化けた三つの頭の怪人、さらには、朽ち木が化けた怪人「ウェンチクニ」数十体などをまとめて吹き飛ばし、ついでに駅前の鼓門の一部をも破壊した。

ぐらりと揺れる巨大な木組みの門を前に、ニライに寄り添っていた歌南が「やったあ！」と両手を振り上げて喝采する。一方、少し離れたところで、歪んだ手すりに腰かけて脚を組んでいた着流し姿の長髪の青年は、ぱちぱちと手を叩いて口を開いた。

「いや、お見事。大したもんだね、しかし……」

感心三割、呆れ七割くらいの声を発したのは、人の姿に変じた槌鞍だ。着物の裾を夜風にはためかせる槌鞍を見て歌南が言う。

「その姿、初めて見たけどかっこいいですね！　普段からそっちでいればいいのに」

「お、ありがとね」

「でもうちのニライの方が五億倍くらい素敵ですけど！」

「言うと思ったよ」

「槌鞍さん、本当に後始末はお任せしていいんですよね……？」

愛おしげに飛びついてきた歌南を抱き寄せながらニライが言う。あたり一帯は、巨大怪獣が暴れ回ったかのように完膚なきまでに破壊しつくされていたが、その主な原因は暴走した妖具たちではなくニライであった。

今のニライは体が復調したおかげで本来の権能を取り戻しつつあるものの、ずっと虚弱体質だったおかげで力加減に慣れていないのだ。槌鞍は「他人様の街でめちゃくちゃやりやがって……」とぼやいた後、頭を掻いてうなずいた。

「まあ、任せとけ。今の俺の力だと、暴れ回ってる妖具どもをまとめて黙らせるのは無理でも、一件落着したあとに記憶と痕跡を消すくらいのことはできるはずだから」

「すごいなあ……！　万能ですね」

「それはあれか。皮肉か？」

「えっ、どういう意味です？」

「きょとんとしやがって……。あっというまに沖縄から来るわ、町中の人間眠らせた上で結界で守るわ、千里塚の姐さんも連れてくるわ、そっちの方がよっぽど万能じゃねえか。テレポートってそんなホイホイ使える能力じゃねえからな？」

「万能だなんて……。できないことの方が多いですよ。狭霧さんという方には『面倒です。人の街がどうなろうと知ったことではありません』と断られてしまいましたし」

「……狭霧？　お前あれにも声掛けたの？　あの魔女に？　怖いもの知らずだね、まったく……。つうかあれの家って現世じゃねえだろ。どうやって行ったんだ」

「人でも妖怪でも、出会ったことで生まれる縁というものがあるでしょう？　それを辿って飛んだまでです」

「いや、普通できねえからね、それ？　しかも疲れたそぶりもねえし……。お前さんのエネルギー源、どうなってんだよ」

「ぼくは本来神器ですから、力の源は信仰心です。誰かがぼくを信じ、思ってくれる心が、そのままぼくの力になる……。つまり」

「つまり？」

「ぼくの力の源は、歌南の与えてくれる無限の愛です！　だよね、歌南……！」

「うん！」

ニライの透き通るような笑みを向けられた歌南が満面の笑みを返し、二人の顔がさらに近づく。メラメラと燃え盛る瓦礫の中で見つめ合う二人の姿に、槌鞍は今夜数十回目の溜息を落とし、破砕された駅前のガラスドームに目をやった。

「……あーあ、派手に壊してくれちゃってまあ……。確か俺、去年の夏にも直したんだよなあ、ここ……。まさか来年も同じようなこと起こるんじゃなかろうな……。頼むよ、ほんと。そもそも魔王の木槌ってもっとこう、ここぞって時に使われる妖具であるべきで、毎年夏になると出てきて駅前を直していくおじさんってのはさ、断じて俺のキャラじゃねえと思うんだよなあ……」

げんなりした槌鞍のつぶやきが駅前にエンドレスに響く。同情を誘うその声はしかし、抱き合い、見つめ合うニライたちの耳には届いていなかった。

＊　＊　＊

その頃、犀川大橋と桜橋の間に広がる河川敷では、無数の土人形を相手に蒼十郎が奮闘していた。

ぼろ布を纏ったような不気味な姿の女性型の土人形たちは、毒液の染み込んだ縄を振り回しながら蒼十郎に襲い掛かるが、街灯の光を浴びると動きが遅くなる。不自然な程に絞り込まれた光の中で苦悶する人形をめがけ、蒼十郎は両手に携えた得物を振るった。

右手に握った短い小柄は、金沢の妖怪である水主《かわそ》から授けられたもので、左手に持つ長刀は『クトネシリカ』、またの名を宝刀『虎杖丸《いたどりまる》』。先日故郷で受け取ってきた妖具の一つだ。

「……すまん」

敵対した相手への詫びの言葉とともに二本の刃が翻り、切り倒された人形は次々と土塊になって崩れていく。ほどなくして全員を切り伏せた蒼十郎は、両手に刀を握ったまま悼むように目を閉じて顔を伏せ、少しの間を置いてから顔を上げた。

「ありがとう。助かった、亜香里」

「どういたしまして」

明るい声で応じたのは、土手の上で街灯の傍に立っていた亜香里だ。「今のは何だったの？」と亜香里に問われ、蒼十郎は河川敷の方々に転がる土塊に目をやった。

「『メノコカッポイェンヌプゥ』……。『女の姿をしているもの』という意味の名を持つ、あの世の川岸の土から生まれる土人形だ。冥界の存在だから光に弱い」

「なるほどね」

そう言ってうなずき、亜香里は傍らの外灯を見上げた。灯火の妖怪「送り提灯」である亜香里は、照明をある程度コントロールできる。街灯の光を絞り込んでメノコカッポイェンヌプゥに向けたのも亜香里の力によるものだ。

と、光の届かない暗がりの中で、ボコリと土が盛り上がり、今しがた切り倒されたのと同じ姿を形作った。一体、二体と増えていく土人形を見て亜香里が驚く。

「え？　まだいるの？」

「……こいつらはこれが厄介なんだ。欠片が混ざった土から無限に生まれる……。俺はまだ大丈夫だが、亜香里は身の危険を感じたらすぐに」

「それはもう何度も聞きました！　鎧も借りたんだから大丈夫だって。と言うかこれ、ほんとに効果あるんだよね？　見えないし、重さも感じないいんだけど」

「安心しろ。ニスフチから授かった『見えない鎧』は、あらゆる危害からお前を守る」

蒼十郎はそう言って刀を握り直し、ゾンビのように迫る土人形の群れに向き直った。気を抜くなよ、と自分に語りかけながら、土手の上の亜香里に横目を向ける。

「しかし、こちらに来てくれたのは助かったが……本当に、向こうに行ってやらなくて良かったのか？」

「いいんですっ！」

大きな声で反論した後、亜香里は視線を逸らして顔を赤らめ「今はちょっと汀一と顔を合わせづらいし……」と小声で言い足した。

どうやら自分が油瓶の鬼を捜しに出ている間に蔵借堂で何かあったらしいが、まあ、聞かない方がいいだろう。

そう判断した蒼十郎が「分かった」とだけ相槌を打つと、亜香里はふと蔵借堂のある方向に目を向け、明るい声で言葉を重ねた。

「それにね、あの二人なら絶対大丈夫だと思うから」

「……そうか」

「うん。信用してるから……って何？　急にこっち見て」

「大きく……眩しくなったな、お前も、それに時雨も」

「そ、そう？」

「ああ。本当に、頼もしくなった」

「ありがと。……それ、帰ったら時雨にも言ってあげてね。すごく喜ぶと思うから」

「覚えておこう」

ついこの前までは幼かったはずの娘に、この上なく頼もしい笑顔を向けられ、蒼十郎は苦笑しながらうなずいた。

幕末以来の歴史を持つ蔵借堂には、宿無しの妖怪がしばらく滞在することは何度もあった。そもそも蒼十郎自身もふらっと流れてきて居着いた身である。

だが、蒼十郎にとっては、そしておそらくは瀬戸にとっても、物心つく前の幼い子どもを引き取って育てた経験はなく、亜香里と時雨が初めてだった。男二人での子育ては試行錯誤の連続で、失敗も反省点も正直山のようにある。

にもかかわらず、二人は本当にしっかり育ってくれた。

そのことに改めて感謝しながら、蒼十郎は柄を握る両手に力を込め、のろのろと迫る土人形たちを睨んだ。

町中で暴れ回る妖具たちをいくら抑えたところで、所詮は対処療法に過ぎず、根本的な解決にはならない。だから――任せたぞ。

心の中で弟子とその友人に告げ、蒼十郎は地を蹴って両手を振り上げた。

＊　＊　＊

金沢市尾張町。

古い商家の街並が残るこの地区の一角、泉鏡花の「照葉狂言」などにも登場する小路に面した久保市乙剣宮の境内の奥には、主計町方面へと抜ける細い石段がある。いつからか「暗がり坂」と呼ばれているこの石段を下り、主計町茶屋街の細道を少し歩いた先、和風カフェ「つくも」のすぐ隣に、一軒の古道具屋が建っている。

黒い屋根瓦の木造二階建てで、道に面した壁や戸には目の細かい格子が縦縞模様を作っている。店の前には季節の花のプランターと古い傘立てが並び、戸の上に掲げられた古い看板には「古道具売買　蔵借堂」という文字列が浮き彫りになっている。

その蔵借堂の店先、看板を照らす外灯の下に、汀一は店番用の椅子を持ち出して座っていた。隣には、同じく店内で使っている丸椅子に時雨が腰かけ、手にした赤黒の傘を撫でたり軽く叩いたりしている。

空は依然どんよりと曇っており、今にも一雨来そうな気配だ。落ち着かない様子の汀一があたりをきょろきょろ見回していると、少しだけ開いた格子戸の内側から、不安そうな声が響いた。

「葛城くん、君はやっぱり中にいた方が良くないかい？　代わりに僕が外で……」

「大丈夫ですって！　おれは囮《おとり》なんですよ？　外にいないと意味がないですよ」

「そうです。油瓶の鬼と面識があるのは瀬戸さんだけなんですから、出るタイミングが大事です」

汀一に続いて時雨が言うと、瀬戸は渋々ながら納得したようで「分かったよ……」とだけ応えて奥に引っ込んだ。再び静かになった店先で、二人はどちらからともなく視線を交わして肩をすくめ、そして、それから十分ほどが経った頃。

ごろん。

茶屋街に通じる細い道の向こうから、何かを転がす音が聞こえた。

時雨が傘を握って息を呑み、二人が揃って立ち上がる。

ごろごろと重たい何かが転がる音、そして、ちゃぷちゃぷと粘性の高い液体が揺れる音は、少しずつ大きくなっていき、やがて路地の角から油瓶の鬼が姿を現した。

古びた大ぶりな円筒形の瓶が、転がり時に飛び跳ねながら、リズミカルに近づいてくる。まるで踊っているようなその動きに、時雨は「今昔物語集」の一節を口にしていた。

「――『油瓶ノ踊ツゝ行ケレバ、大臣此レヲ見テ、「糸怪キ事カナ。此ハ何物ニカ有ラム。此ハ物ノ気ナドニコソ有メレ」ト、思給テ』……」

と、瓶は汀一の五メートルほど手前でぴたりと止まり、口を上に向けて立った。

ただ古い瓶が路上に立っているだけなのに「やっと獲物を見つけたぞ」「もう逃がさないぞ」という歓喜の声が聞こえたような気がして、汀一の背筋がぞくぞくと冷える。

「し、時雨……」

「大丈夫だ。僕がいる」

汀一の怯えた声に呼応し、傘を構えた時雨が半歩だけ前へ進み出る。

緊張感を伴った静寂が蔵借堂の店先に満ち、数秒後、油瓶の鬼が汀一に口を向けて飛び掛かろうとした、その矢先。

時雨は傘で汀一を庇う――のではなく、傘を広げ、真上に掲げた。

「来い！」

凛とした声が響き渡った瞬間、ざあっ、と激しい雨が降り出した。

傘の妖怪である時雨は生来、雨足を操る力を持っている。時雨はそこに「手形傘」を――人と妖怪が約束を交わした時にのみ生まれる、格別の力を秘めた妖具を――加えて用いることで、今にも降り出そうとしていた雨を夕方からずっと雲の中に留めており、それをたった今解放したのだ。

「うひゃっ！　す、凄いねこれ……！　海の底が抜けたみたいだ！」

「傘の結界から出るなよ汀一！　ここ一帯の雨が一番勢いが強い！　押し流されるぞ！」

傘の下で驚く汀一のすぐ傍で時雨が叫んだ。二人の足首は既に水に浸かっている。

頼む、と懇願するように時雨が視線を向けた先では、大河の滝のような激しい雨が降り注ぎ、今にも飛び掛かろうとしていた油瓶の鬼を押し止めていた。

「降る」と言うより「落ちる」と表現した方が正しいような豪雨は、蔵借堂前に深さ二十センチほどの水たまりを作った後、スイッチを切ったようにぴたりと止んだ。

水がどんどん引いていく中、時雨がゆっくり傘を下ろし、濡れた道路の上の油瓶の鬼に向き直る。と、その隣の汀一が「あ」と小さな声をあげた。

油瓶が湛えていたあの禍々しい殺意が、いつの間にか消えているのだ。

「せ、成功したってこと？　邪気を全部押し流せた……？」

「……分からない。かなり薄れたのは確かだが……」

前に出そうになる汀一を片手で押し止めながら、時雨が油瓶の鬼を注視する。

金沢市内に伝わる風習「七つ橋渡り」にも見られるように、古来、流れる水には邪なものを洗い流す力がある。これを応用し、大雨を一気に浴びせることで油瓶の鬼の邪気だけを洗い流して、ひとまず理性を取り戻してもらう、というのが時雨たちの計画だった。以前、縊鬼に使った手の応用である。

息を呑んで見守る時雨たちの眼前で、油瓶の鬼が体をぶるるっと震わせる。古びた瓶の妖怪は、内側に溜まった水だけを器用に吐き出し、そして声を発した。

「ここは……蔵借堂かいな……？」

老女を思わせる関西訛りの声が、まだ水の溜まった路上に響く。確かに理性を感じさせるその声に、汀一と時雨は視線を交わしてうなずき合った。

「やった、成功だ！　凄いよ時雨！」

「落ち着け！　まだ喜ぶのは早い！　ええと……ここは確かに蔵借堂で、あなたが作った古道具屋です。自分のことが分かりますか？　油瓶の鬼と呼ばれていたことを覚えていますか？　あるいは『御前』と……」

「ええ、ええ。覚えとります。なんや、えらい懐かしい気がしますなあ……」

時雨の不安げな問いかけに、はんなりと穏やかな老女の声が応じる。

やはり平安京に出た妖怪だから関西弁なのだろうか。そんなことを汀一が思ったその直後、二人の後ろで格子戸が勢いよく引き開けられた。

「おふくろ……！」

感極まった声とともに、瀬戸が店内から駆け出してくる。

汀一と時雨は驚いて振り返り、瀬戸が油瓶の鬼のことをどう呼んでいたのかを初めて知った。瀬戸は服が濡れることもいとわずに道に膝を突き、油瓶の鬼へと問いかける。

「僕が分かりますか？」

「そら分かりますわいな……。達者にしてはるみたいで何よりや……。なんや、店も随分立派にならはりましたなあ」

「え？　いや、お店はそんなに変わっていないと思いますけど……。場所も敷地もそのままですし」

「何を言わはりますか。積み重ねた格と歴史が、うちの知っとるころのお店とは、もう、何もかも違います……。きばらはったんやなあ……」

「あ、ありがとうございます……！　僕一人の力じゃないですが——そうだ、家族も増えたんですよ」

「家族……？　器物のお化けにかいな」

「ええ！　血は繋がっていませんが、ここにいる時雨くんは傘の妖怪ですし、蒼十郎や亜香里ちゃん――蝦夷《えぞ》の河童や送り提灯も一緒に住んでるんですよ。出入りするお客も、あの頃より、ずっとずっと増えました……！」

びしょびしょの道路に膝を突き、目尻に涙を浮かべながら、瀬戸が油瓶の鬼に語りかける。汀一は、そして時雨も、こんなに嬉しそうに喋る瀬戸を見るのは初めてで、全く口を挟めなかった。

油瓶の鬼は時折相槌を挟みつつ、数世紀分の近況報告に聞き入っていたが、ややあって瀬戸が一段落したあたりで口を開いた。

「時に……そこにおられる坊《ぼん》は、人間に見えますけども」

「ぼん？　ああ、おれのことですか？　……はい、人間です。葛城汀一と言います。このお店のバイト――って、英語は分からないか。ええと、働かせてもらってて……」

平安時代の陶器に自己紹介するのも初めてなら、ついさっきまで自分を取り殺そうとしていた相手に挨拶するのも初めてだ。

戸惑いながらも自分のことを手短に語った汀一が、最後に「で、この時雨の友達です」と言い足すと、油瓶の鬼は驚いたようで、体内の油をチャポンと波立たせた。

「人と妖怪が仲良うやってはるんですかいな……！　時代が変わりましたなあ……。うん、それやったらなおのこと……。はよう、うちを壊しなはれ」

「え？」

油瓶の鬼がにこやかに告げた不穏な言葉に、汀一がぎょっと面食らう。「何を」と瀬戸は反論しようとしたが、それより先に油瓶の鬼は言葉を重ねていた。

「そこの傘の坊……時雨はん、言わはりましたか。その傘、手形傘ですやろ？　それと瀬戸大将の力を合わせたら、うちを壊すこともできるはず……。今はどうにか本性を抑えこんどりますが、いつまで持つか分からしまへん。人の姿に化けることもできまへんし、他の妖具の皆さんを暴れさせてしまう妖気も、こうしてお話ししてる今も出たまんまで、止まっとりませんさかい……。さあ、早う、一思いにパーンと」

「いや、『パーンと』と言われましても……！　そもそも本性というのは、そんなに制御が難しいものなんですか？」

「普通の妖怪やったら、もうちょっとどうにかなるんでしょうけども……私は、わけありでしてなあ。うちの中の油の底には、如意宝珠《にょいほうじゅ》いうもんが沈んどりますねん」

「如意宝珠!?」

油瓶の鬼がしれっと発したフレーズを時雨が大声で繰り返す。瀬戸が「そんな話は初耳ですが……」と驚き、油瓶の鬼が「言うとりませんでしたからなあ」と苦笑いするのを見ながら、汀一はちょいちょいと時雨をつついた。

「如意宝珠って何」

「願いを叶える宝玉だ。由来や謂《いわ》れは色々あるが、南海の龍神が持っているという話が有名だな。僕も見たことはないし、そもそも実在しているという話すら聞いたことがなかったが……その如意宝珠ですか……？」

「それですわなあ」

怪訝な顔の時雨の問いかけを、油瓶の鬼はあっさり肯定し、如意宝珠と自分のかかわりを語った。

油瓶の鬼の中の如意宝珠は、そもそも「竜の球」という名で呼ばれる南海の国のものであった。誰かが奪ってこさせたか、あるいは伝来したものか、詳しいいきさつは分からないが、ともかく平安京に持ち込まれたそれはさる平安貴族の手へと渡った。その貴族が宝珠を油瓶の中に隠したところ、宝珠の妖気が感応し、ただの油瓶が妖怪になってしまったのだという。

「なるほど……。油瓶の鬼はそうやって生まれた妖怪だったんですね。桁違いに強いわけだ……。ありがとうございます、これで二つ謎が解けた」

「二つ？　強い理由は分かったけどもう一つって何、時雨？」

「分からないのか？　ニライ君と歌南君が求めていた万能の妖具の正体だ。『竜の球』という名で呼ばれた南海の国とはすなわち『琉球』――沖縄のことだろう」

「あ」

時雨が口早に告げた言葉に汀一ははっとして目を丸くした。じゃあ、と問いかける汀一を見返し、時雨が強くうなずく。

「そうだ。琉球の妖怪に語りつがれる万能の妖具は、確かに蔵借堂にあったわけだ」

「あー、そっか……！　なるほどね、そういうことだったんだ」

「なんやよう分かりませんが……ともかく、早う壊してくれはりますかいな。自分で始めたお店がこない立派になって、息子のように思うてた子が、こないに家族や仲間を増やして……もう、それを知れただけで充分ですわ。もっと今の世を見てみたいけれども、そろそろ、暴れ出してしまいますさかい……」

油瓶の鬼が手形傘を持った時雨を促す。

と、時雨は手にした傘を一瞥し、その上で首をきっぱり左右に振った。

「……いいえ。壊しません。ですよね、瀬戸さん」

「ああ」

「えっ？　な、何を言うてはるんです？　ほなら、うちをどうすると……」

「保留します」

そう言い切ったのは瀬戸だった。「保留……？」と繰り返す母親代わりの大妖怪を、瀬戸が見返し強くうなずく。

「みんなで話し合ってそう決めたんです。いったんおふくろを落ち着かせたら、時雨くんの手形傘で妖力を吸い上げて散らして、また眠ってもらおうって」

「せ、せやかて……それではまたいつか、今日と同じことが……」

「大丈夫。今日、おふくろが自分を失って暴れたのは、ずっと地下に封じこめられていたからですよね？　もうあんなことはしません。今度は、眠ってもらった上で、みんなに見える……みんなが見える場所に置くつもりです。店の中が見渡せる場所に」

「そして、また目覚めそうになった時は、僕が妖気を吸い上げる。それを繰り返しながら、本性を制御できる妖具や方法を探します」

「探す……あてがあるんですかいな」

「ありません。全部含めてこれからです」

「そんな……」

時雨の堂々とした無責任な発言に油瓶の鬼が絶句する。そこに汀一が割り込んだ。

「でも、もしまたあなたが本性に戻って暴れたとしても、真っ先に狙われるのはバイトのおれですからね。あなたはまだ、第一の獲物のおれの生気を吸ってないわけですから。だったら、誰彼構わず襲われるよりは対策しやすいかなって」

「それは理屈ですが……しかし、そない危ない橋を渡らいでも……。汀一はんでしたか、あなたが一番危ないっちゅうことは分かってはりますかいな……？」

「分かってます。……でも、大丈夫だと思います」

そう言って汀一は足を曲げ、油瓶の鬼の前に屈み込んだ。傍らに立つ時雨と、その向こうの蔵借堂に視線をやりながら汀一が続ける。

「あなたは知らないかもだけど、あなたはおれにとってすごく、すっごく大事な恩人なんですよ。だから何とか助けたい。……それに、おれはこの街に来て時雨と会って、これまで知らなかったことを山ほど知りましたし、今も知り続けてます」

「ははあ……。それはそれは……。しかし、それがどないしはったんです？」

「だから多分、これから知ることの中に、あなたを助ける方法もあるって思うんですよ。……だよね、時雨」

「はい。実際、沖縄から来たニライ君の力は僕の知らないものでしたし、北海道から蒼十郎さんが持ち帰ってきた妖具についても、詳しいことは分かっていません。僕らの知らない妖怪や妖具は、まだまだこの世に存在しているはずなんです。それに、既知の妖具でも、誰かが新しい使い方を思いつくかもしれない。だから、いつかどうにかする方法が見つかるその日まで、ずっと保留する……。それが僕らの出した答えです」

「それは……何ともありがたいお話ですけども……せやけどやっぱり、ずっとお店の中に置いておく、いうのは、危ないような……」

「――うちは、危険な妖具でも、出来る限り店頭に並べるようにしています」

油瓶の鬼の反論を遮ったのは、しばらく黙っていた瀬戸だった。それを聞くなり、油瓶の鬼は押し黙った。穏やかな声で瀬戸が続ける。

「売り場に並んでいるということは、いつか使われる可能性があるということ。それは道具にとって、一番居心地のいい状態だから、妖具も道具もそうやって、ゆっくり休んでもらいたい……」

瀬戸が語ったのは蔵借堂のポリシーであった。以前に汀一も聞いたことがあるその文言をゆっくりと口にした瀬戸は、そうですよ、と言いたげにうなずき、涙でにじんだ眼を油瓶の鬼へと向けた。

「これは、おふくろが言い出したことじゃないですか。ここはそういう妖具の居場所で、そういう場所としてここを作ったのはあなたじゃないですか」

「……そうでした」

短い間の後、くすっと笑うような声が蔵借堂の店先に響いた。油瓶の鬼はそれはもう嬉しそうに微笑し、感慨深げに言葉を重ねた。

「……確かになあ。それを言われると……もう、反論しようもあらしまへん……。……ほんま、ええ子たちを育てはりましたなあ」

「ありがとうございます。何よりの誉め言葉です」

油瓶の鬼の温かい言葉に、瀬戸は深く頭を下げ、ややあって顔を上げて時雨を見た。

「時雨くん」

「……はい」

緊張した面持ちの時雨が手形傘をゆっくり開く。腹を括ったのだろう、油瓶の鬼は一旦静かになったが、ふと思い出したように汀一に問いかけた。

「しかし汀一はん。人間いうのは、万能の力を欲しがるもんやと思っとりましたけれど……。うちの中の如意宝珠が欲しいとか、そういうことは思わはれんのですかいな？」

いかにも素朴な疑問といった感じの質問を油瓶の鬼が投げかける。その発想はなかったが、油瓶の鬼の疑問ももっともだ。汀一は少し思案した後、笑って首を横に振った。

「いいです」

「何でまた」

「だって、万能って言っても、自分の想像の範囲内のことしか起こせないわけですよね？　おれはこれまで、予想も付かないことが色々あって、これからもそうであってほしいから……だから、今はいいです」

「なるほど。ええお返事をいただきました」

油瓶の鬼が嬉しそうに言い、そして今度こそ黙り込んだ。名残を惜しむような数秒間の沈黙の後、瀬戸が視線で時雨を促す。時雨は無言で首肯し、手形傘を油瓶の鬼へ向けた。

それから少し後、汀一のスマホが亜香里からのメッセージを告げた。

「何度壊しても起き上がってきた土人形が、急に全部壊れて動かなくなっちゃった。蒼十郎さんは、油瓶の鬼の妖気が途絶えたって言ってるけど、ほんと？」

液晶画面に表示されたそのメッセージに、汀一は時雨とうなずき合い、ささやかにハイタッチを交わした。

油瓶の鬼は、その夜のうちに蔵借堂の売り場の一角に安置された。

妖具を鎮めるために駆り出されていた面々も蔵借堂へぞろぞろと集まり、魎子の「油瓶の鬼殿に、子孫や身内が賑やかにやってる空気だけでも味わってもらいたいんじゃ。あと、わしは今猛烈に飲んで騒ぎたい！」という申し出により、売り場での宴会が始まった。

町中の損害を一人で直した槌鞍は疲れ果てて昏睡していたが、それ以外のメンバーは皆元気で、誰かと話をしたい気分だったこともあり、そのまま宴会に参加した。

瀬戸はおいおい泣いて蒼十郎に慰められ、魎子はニライに興味を示し、それを見た歌南が「ニライはあたしのですからね！」と牙を剝き、小抓は祐に魎子との旅での出来事を語って聞かせる。

そんな具合にひとしきり盛り上がった後、賑やかさにあてられた汀一が店先で涼んでいると、格子戸が開いて時雨が出てきた。壁にもたれていた汀一を見て、時雨が「おや」と眉を上げる。

「さっきから見ないと思ったら、ここにいたのか」

「ちょっと疲れちゃって……。そんな大人数でもないのに、何であんな騒がしいの？」

「千里塚さんと歌南君だ。あの二人だけで十人分くらいの賑やかさがある」

「確かに」

　嘆息する時雨に苦笑を返し、汀一は茶屋街の屋根の上の夜空へ目を向けた。

　雨雲はいつのまにか散っており、夏の夜空がくっきり見える。卯辰山から浅野川へと抜けてくる夜風が火照った体に心地よい。汀一は大きく深呼吸し、もたれている壁を――蔵借堂を振り返った。

「いいお店だよね、ここ」

「何を出し抜けに……？　でもまあ、そうだな。僕も同感だ。……なあ、少し前に訪れた祖馬ガ谷を覚えているか？」

「そっちこそ出し抜けだなあ。あそこがどうしたの？」

「最近よく、あの村の光景を思い出すんだ。ケボロキの言っていたことと一緒に……。永遠に続く場所というものは、やはりないんだろうな。人がいなくなれば消えるし、いたとしても変化は避けられない……。それはもう、どうしようもないことなんだろう」

　時雨の静かな語りがすぐ傍から耳へと届く。汀一は夜空を見たまま「だろうね」とだけ相槌を打った。

　無人になって久しいあの山村の光景が、母校である小学校の移転について語っていた祐の寂しげな表情などと合わせて、自然と思い起こされる。

　時雨が今言ったように、どんなものでもいつかは変わるしいつかは終わる。ずっとそのままいつまでも……なんてことは、現実的には不可能だ。

そこまでを心の中で確認した上で、汀一は「でも」と思った。その気持ちに呼応したかのように、時雨が再び口を開く。

「だが……そうだとしても、残そうとすることはできると思うんだ」

「おれも今それを言おうと思ってた」

「そうなのか？」

汀一に親しげに笑いかけられ、時雨は目を丸くした。友人と意見が一致したのが照れくさいのか、色白の顔が薄赤く染まる。視線を少し泳がせた後、時雨は一呼吸を挟んで蔵借堂を振り返り、看板を見つめて言った。

「――だからこそ、僕はここを出来る限り続けたい」

強い意志を感じさせるしっかりとした声が店先に響く。友人の決意の言葉を受け、汀一は「そっか」と相槌を打ち、時雨に向き直った。

「応援するよ」

「ありがとう」

汀一の短く素直な感想に、時雨が嬉しそうな微笑で応じる。どういたしまして、と汀一は苦笑し、その上であたりをきょろきょろと見回し、時雨に一歩近づいた。

「それはそうとさ。ちょっと話変えていい？」

「どうした。急にもじもじと」

「……おれ、亜香里に告白しようと思う」

「何？」

汀一がぼそっと漏らした一言に時雨は大きく眉をひそめた。前髪越しの双眸が賑やかな騒ぎ声を響かせ続ける格子戸を一瞥し、半開きになった口から怪訝な声が漏れる。

「この空気の中でか……？　正気か？　絶対ネタにされるぞ」

「さすがに今夜じゃないよ！　近々、近々」

「だったら最初からそう言ってくれ。まったく……。しかし、どういう風の吹き回しだ？何かきっかけでもあったのか？」

「きっかけって言うか……今の時雨の話とも被るんだけど、今年の夏も色々あって、物事って変わってくんだなって思ってさ。人間関係だって、それ以外のことだって……。で、ほっといても勝手に変わっていくなら、ちょっとは自発的に変えようとしないといけないよなって……。前から、色々落ち着いたら言おうって思ってはいたんだけど、ずっと色々ありっぱなしで、落ち着く気配は全然ないしね」

「それは同感だ」

「だろ？　というわけで、さっき決めた」

「……そうか」

「『そうか』って……それだけ？　そこは『よく決断した！　頑張れ』とか言ってよ」

「勝手なやつだな。成功の目算はあるのか？」

「そこなんだよねえ。どう思う時雨……？」

心底不安そうな顔になった汀一が至近距離から時雨を見上げる。祈るような視線を向けられた時雨は眉根を寄せ、やれやれと溜息を落とした。

「僕に聞かれても困るんだが……。だが、亜香里は意志が強いように見えて実際強い」

「何のアドバイスだよ！」

「最後まで聞け。亜香里は確かに意志は強いし他人の相談にも乗るし、自分の意見も臆さず言うが、反面、いざ自分のこととなると受け身で鈍感な面もある」

「あ、それは分かるかも」

「だろう？　関係性を自分から変えようとしないところがあるから……だから汀一が、その、関係を発展させたいと望むなら……自分から動くべきだとは思う」

「そっか、なるほど……。さすが家族だね」

「大して参考になるような意見でもないだろう」

「ううん、全然そんなことないよ！　ありがとう！　おれ、時雨と友達になれてほんとに良かった」

親しげな笑みを浮かべた汀一が時雨に向かって右手を差し出す。と、握手を求められた時雨は、なぜか顔を赤らめて身を引いた。

「ま、またそういうことを不意打ちで……！　ぐっすいぞ君は！」

「え？　『ぐっすい』って確か、『ずるい』ってことだよね。何で怒るんだよ」

「急にそんなこと言われるとどんならん……！　だがまあ……僕もだ」

金沢弁で怒りを表明した後、時雨はおずおずと手を伸ばし、汀一の手をそっと握った。汀一は「ありがとう」と嬉しそうにうなずき、友人の手をしっかりと摑んだ。


「しかしなぜ握手を急に？」

「不安だからだよ。あのさ時雨、ふられたら慰めてね」

「分かった分かった」

「多分おれ泣くと思うから」

「分かった」

「立ち直れないかもしれないけどそこをどうにか頑張ってケアしてほしい」

「分かったと言っている！」

アブラスマシ：肥後天草島の草隅越という山路では、こういう名の怪物が出る。ある時孫を連れた一人の婆様が、ここを通ってこの話を思い出し、ここには昔油瓶《あぶらびん》下げたのが出たそうだというと、「今も出るぞ」といって油すましが出て来たという話もある（天草島民俗誌）。

（柳田国男『妖怪名彙』より）

油ずまし：栖本村字河内と下浦村との境に草隅越と言うところがある。ある時、一人の老婆が孫の手を引きながらここを通り、昔、油ずましが出おったという話を思い出し、「ここにゃむかし油瓶さげたとん出よらいたちゅぞ」と言うと、「今も――出る――ぞ――」といって出て来た。

（浜田隆一『天草島民俗誌』より）

エピローグ

卯辰山から吹き下ろす涼しい風が、店先に吊るされた厄除けのトウモロコシを揺らした。先月に吊り下げた時は青々としていたトウモロコシも、今や乾燥しきって茶色になっており、揺れる度に、かさり、と乾いた音を立てる。

その音に、蔵借堂のカウンターで参考書を開いていた汀一はペンを持っていた手を止め、顔を上げた。

半開きの格子戸の向こうを風が吹き抜け、一匹の赤蜻蛉《あかとんぼ》がそれに乗って飛んでいく。いかにも秋めいた光景に、汀一はしみじみとした声を漏らした。

「また秋が来たねえ……。季節が変わっていくなあ」

「そう言う汀一は変わらんな」

呆れた声を返したのは、カウンターの端で受験用の問題集に向き合っていた時雨だ。その頭上、天井の隅には、小さな棚が設けられ、値札の付いていない古びた瓶が飾られている。油瓶が静かに見下ろす蔵借堂の売り場の一角で、時雨は腕を組んだまままこれ見よがしに嘆息した。

「……正直、君たちはもう少し変わると思っていたんだがな」

「え。『君たち』ってそんな！　そんな！　まるであたかもおれが誰かとセットみたいな！　やだなあもう、やめてよ時雨！　ねえ！」

でれっとだらしなく笑った汀一が恥ずかしそうに、かつ嬉しそうに頭を掻く。心底幸せそうに「やだなあ」「そんなことないって」などと繰り返す友人を見て、時雨はやれやれと頭を振った。

「……前言撤回だ。そういうところは変わったと言えなくもない」

ドライなコメントが売り場に響く。しまりのない笑みを浮かべたままの汀一を時雨は冷ややかな横目で睨み、でもまあ、と心の中で言い足した。

友人が幸せそうにしていることは時雨にとっても幸せなので、現状に特に不満はない。亜香里ともども、最近は多少でれでれしすぎではあるが……。

と、そんなことを思っていると、ようやく落ち着いた汀一が椅子ごと時雨の傍へと近づき、手元の参考書を覗き込んだ。

「それ、また新しいの買ってきたの？　真面目だね」

「そう言うそっちもな。最近、随分熱心じゃないか」

「うん。妖怪のこととか色々ひっくるめて、ちゃんと勉強したいなって思ったからね。時雨とは志望校も一緒だし、向こうでもよろしくね」

「気が早いにも程があるぞ！」

「そんな顔しなくても……。同じ学校の友達が同じ大学志望してるんだからさ、一緒に頑張ろうって思うのは自然だよ」

「そういうことではなくてだな……。まあ、僕としてもこれからも――」

時雨が何かを言いかけた時、格子戸がガラガラと引き開けられた。

来客のようだ。

二人の少年は同時に椅子から立ち上がり、玄関先に向かって声を掛けた。

「いらっしゃいませ」

「いらっしゃいませ！」

あとがき

この作品はフィクションです。作中に登場する妖怪は実在する資料を参考にしていますが、物語の都合に合わせて改変・脚色している部分も多々あります。

たとえば第五話で話題になる「最古の器物の妖怪」。作中では「今昔物語集」に登場するものが一番古そうだと語っていますが、「今昔物語集」の文中ではこれらの妖怪は「鬼」と表記されているわけで、だとするとこれは鬼がそういう姿に化けていただけで、器物の妖怪ではないのでは？　と考えることもできてしまいます。

また同じく第五話、金沢には筆まめな人が多かったので残っている記録も多いよという話自体は嘘ではないですけれど、このエピソードの中で汀一が読む、金沢に昔住んでいた人の日記については、全て私の創作です。

さらに第六話では、「油瓶の鬼」と「油すまし」が同じ妖怪という話が出てきますが、これも完全に私の創作です。「『油すまし』は人間型の妖怪というイメージが一般的だけど、出典の文章を読む限り、これって瓶の妖怪なんじゃない？」という意見は実際にあるものの、本当のところどうだったのかは分かっていません。

あと第四話、山形の山中に出る妖怪ケボロキについて、この妖怪、これまで刊行された事典類には山形の妖怪として記載されていまして、私も出典となる文章（第四話の最後に引用したものです）を読んだ上でそう思っていたのですが、本作の原稿を書き終えた後に出た本（笠間書院刊『日本怪異妖怪事典　東北』）にて、「これ、もしかして山形ではなくて秋田の話なんじゃない？」という可能性が示唆されました。い、言われてみるとそうかもしれない……！

こういうことがあるから妖怪って面白いんですが、ともかく、作中の記述をそのまま信用されませんようお願いいたします。

そして舞台となった街についても同じです。本作はタイトルにもある通りの実在の土地を参考にしていますが、実情と異なっているところも多いです。

また、現実との齟齬と言えば、このシリーズが始まったのが二〇二〇年の二月。コロナ禍という言葉（あとアマビエ）が広まり始めた頃でしたが、これを書いてる時もコロナ禍はまだ収束しておりません。というわけで本作はあくまでフィクションですので、そこのところをご理解の上お読みいただければと思います。

前置きがやたら長くなってしまいました。

おかげさまでこのシリーズも四巻目。この巻は一応完結巻となります。第六話のサブタイトルが題名そのままなのはそういうことです。アニメとか漫画の最終回でよく見るパターンのやつですね。

今「一応」と付けたのは、実を言うと私としては、前の巻「夏きにけらし」でシリーズを終えたつもりだったんですね。前の巻のラスト、一巻の出会いから一年経ってまた梅雨の時期が来て、外から来て時雨と出会った汀一が今度は時雨を迎え入れる側になる。我ながら綺麗にまとまったのではないかと思っていたのですが、もう一冊続けていいよ！　という話になりました。ありがたいことです。

だったらまだ書けていなかったことをやろう！　ということで、蔵借堂の店の成り立ちの話や、一巻で帰り損ねていた時雨の故郷への里帰りの話などを書きました。

それと、「既に妖怪と出会っていた人間」の話はこのシリーズの中で何度かやりましたが、その人たちはいずれも汀一たちより年上で落ち着いており、汀一たちより若くて、人間の女子と妖怪の男子のカップルはまだ出してなかったぞ、というわけで、歌南とニライに出てもらいました。

この二人、状況的にはかなり不憫なカップルなんですが、可哀想さより迷惑さや元気さが印象に残るよう書いてみたつもりです。そもそも私はこういう感じの、臆面もなく愛をアピールするタイプの主人公の話で作家デビューしていまして、つまりこういうキャラはとても好きなので（第六話の終盤、フルメンバーで大暴れした後宴会になる流れなんかもデビュー以来の好きな展開です）、懐かしく楽しく書けました。

改めてこのシリーズを振り返ってみると、「相対化」ということを強く考えた作品だったと思います。

主人公たち（汀一と時雨）だけが特別な状況になったのではなく、似たような体験をした人（妖怪）は実は案外多くいて、主人公たちはそんな世界で何を考えどう動き、どういう関係性を作り、広げていくのか。妖怪と人間の交流が実はそこまでレアでもない世界だからこそ見せられる主人公たちの特別さ、みたいなものに繋げられればいいなーと思って書いていました。

なので二巻目では妖怪と不幸な出会い方をした祐が登場し、三巻目では迎えられる側だった汀一が時雨を迎え入れ、四巻目では年下の人間と妖怪のカップルが出てくるわけです。全四巻というのはシリーズとしては短めですが、一冊あたり六話の連作短編形式のおかげで、妖怪とのかかわり方について色んな切り口を見せられたのではないかと思っています。

また、このシリーズは「居心地のよさ」を重視して描いた作品でもありました。事件は色々起こりますし、その中には辛いこともあるわけですが、「要するにどういう話？」と言われると、気楽に楽しく話せる相手がいることとの気持ち良さとか、そういう人といられる「いつもの居場所」があることとの嬉しさの話ですよ、という。

物語の印象をどう受け取るかは読まれた方によって異なることでしょうが、少なくとも作者としては、お客のいない蔵借堂や同じ傘の下で汀一と時雨（たまに亜香里やその他の人も）がどうでもいいことを雑談している場面こそが、「金沢古妖具屋くらがり堂」というシリーズを象徴しているように思います。雑談シーンに漂う前向きな安心感は、色々しんどいことの多い昨今、書き手の気持ちも随分楽にしてくれまして、そういう意味でも汀一や時雨たちには感謝しています。読まれる方にもその楽しさが伝わっていれば何よりです。

で、そんな話なので、最後もズバッと決着が着くのではなく、「いずれはこうなるといいし、多分そうなるよね」という、希望と楽観を漂わせたエンディングにしてみました。

小説においては、本文に書かれていないことは作中の事実ではないので（少なくとも私はそう思っているので）、あとがきで「この後どうなりました」と説明することはしませんが、作者としては、汀一も時雨も、それに亜香里も、さらには祐や瀬戸や蒼十郎、魎子や小抓や歌南やニライも、その他の登場人物や妖怪たちも皆、これからも色々あるだろうけどまあ多分大丈夫でしょうし、さらに知り合いを増やしたりしながら元気にやっていくと思っております。

なお、ちゃんと終わらせられたと思ってはいますが、また続くことがあったら喜んで書きますので、そこのところはよろしくお願いいたします。

さて、この本を作る上でも大勢の方にお世話になりました。

カバーイラストを描いてくださった鳥羽雨様、汀一と時雨以外の蔵借堂の面々をありがとうございます。亜香里の素朴な可愛さよ……！　主人公二人も大変キラキラしており、眩しくて素敵です。

担当編集者の鈴木様には、今回も大変お世話になりました。いつもご迷惑をおかけしております。

そして金沢在住の小説家である紅玉いづき様には、今回もまた、金沢弁や地元事情について色々ご指導をいただきました。

また金沢学院大学講師の佐々木聡様には、金沢市内で出土した遺物などについてご教示をいただきました。

加えて、妖怪についての知見を収集・発表してくださっている研究者の方にも厚く御礼申し上げます。

そして金沢という町にもお礼を。徒歩圏内に山も大河もお城も繁華街も武家屋敷も古いお寺や神社もあり、ちょっと足を延ばすともっと深い山や海もある！　というロケーションの面白さに加え、「落ち着いているけど元気」というか「歴史があるけど若い」というか、金沢の町に漂うあの雰囲気あってこそ、このシリーズは書けたと思っています。少しでも町の魅力を伝えられていればいいのですが。

最後に、読んでくれたあなたに最大の感謝を。この本を手に取っていただいた上、ここまでお付き合いいただき、本当にありがとうございました。登場人物たちに代わって深くお礼を申し上げます。

では、機会があればまたいずれ。お相手は、峰守ひろかずでした。

良き青空を！

主要参考資料

・澁澤龍彦　泉鏡花セレクションⅢ　新柳集（泉鏡花著、澁澤龍彦編、国書刊行会、二〇二〇）
・琉球妖怪大図鑑　上（小原猛著、三木静絵、琉球新報社、二〇一五）
・琉球妖怪大図鑑　下（小原猛著、三木静絵、琉球新報社、二〇一五）
・琉球史料叢書　第二（伊波普猷・東恩納寛惇・横山重編、井上書房、一九六二）
・日本の民話　21　加賀・能登の民話（清酒時男編、未来社、一九五九）
・旅と傳説　第九年第四號（三元社、一九三六）
・新　日本古典文学大系　37　今昔物語集　五（森正人校注、岩波書店、一九九六）
・新訂　妖怪談義（柳田国男著、小松和彦校注、角川学芸出版、二〇一三）
・日本民俗誌大系　第2巻　九州（楢木範行・浜田隆一・折口信夫・山口麻太郎・宗武志・及川儀右衛門著、角川書店、一九七五）
・日本怪異妖怪大事典（小松和彦監修、常光徹・山田奨治・飯倉義之編、東京堂出版、二〇一三）
・47都道府県・妖怪伝承百科（小松和彦・常光徹監修、香川雅信・飯倉義之編、丸善出版、二〇一七）

・日本妖怪大事典（村上健司編著、水木しげる画、角川書店、二〇〇五）
・来訪神事典（平辰彦著、新紀元社、二〇二〇）
・日本怪異妖怪事典　北海道（朝里樹著、笠間書院、二〇二一）
・妖怪の通り道　俗信の想像力（常光徹著、吉川弘文館、二〇一三）
・石川県立歴史博物館展示案内　いしかわ赤レンガミュージアム（石川県立歴史博物館編、石川県立歴史博物館、二〇一八）
・傘　和傘・パラソル・アンブレラ（ＩＮＡＸギャラリー名古屋企画委員会企画、ＩＮＡＸ出版、一九九五）
・地域資源を活かす　生活工芸双書　竹（内村悦三・近藤幸男・大塚清史・紀州製竿組合・前島美江・田邊松司著、農山漁村文化協会、二〇一九）
・日本の名随筆68　紙（寿岳文章編、作品社、一九八八）
・古民具の世界（安岡路洋編著、学習研究社、二〇〇一）
・国際日本文化研究センター　怪異・妖怪伝承データベース（https://www.nichibun.ac.jp/YoukaiDB/）
・猫は太陽の夢を見るか（新）（https://morita11.hatenablog.com/）

この他、多くの書籍・雑誌記事・ウェブサイト等を参考にさせていただきました。

本書は書き下ろしです。

金沢古妖具屋《かなざわふるようぐや》くらがり堂《どう》

巡《めぐ》る季節《きせつ》

峰守《みねもり》ひろかず

2022年7月5日初版発行

発行者……………千葉 均

発行所……………株式会社ポプラ社

〒102-8519 東京都千代田区麹町4-2-6

フォーマットデザイン 荻窪裕司(design clopper)

組版・校閲 株式会社鷗来堂

印刷・製本 中央精版印刷株式会社

落丁・乱丁本はお取り替えいたします。

電話(0120-666-553)または、ホームページ(www.poplar.co.jp)のお問い合わせ一覧よりご連絡ください。
※電話の受付時間は、月~金曜日、10時~17時です(祝日・休日は除く)。

ポプラ文庫ピュアフル

ホームページ www.poplar.co.jp

N.D.C.913/279p/15cm
ISBN978-4-591-17438-8
P8111336

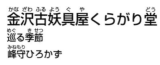

アルバイト先は妖怪の古道具屋さん!?
取り扱うのは不思議なモノばかり――。

峰守ひろかず
『金沢古妖具屋くらがり堂』

装画：烏羽雨

金沢に転校してきた高校一年生の葛城汀一。街を散策しているときに古道具屋の店先にあった壺を壊してしまい、そこでアルバイトをすることに。……実はこの店は、妖怪たちの道具〝妖具〟を扱う店だった！　主をはじめ、そこで働くクラスメートの時雨も妖怪で、人間たちにまじって暮らしているという。様々な妖怪や妖具と接するうちに、最初は汀一を邪険に扱っていた時雨とも次第に打ち解けていくが……。お人好し転校生×クールな美形妖怪コンビが古都を舞台に大活躍！

おひとよし転校生とクールな美形妖怪の
バディ・ストーリー第二弾！

峰守ひろかず
『金沢古妖具屋くらがり堂　冬来たりなば』

装画：鳥羽雨

妖怪たちの古道具――古〝妖〟具を取り扱う不思議なお店「蔵借《くらがり》堂」。このお店は、店主を始め、店員も皆妖怪だった。金沢に引っ越してきた男子高校生の葛城汀一は、普通の人間ながらそこでアルバイトすることに。妖怪である時雨や亜香里たちとともに驚きの毎日を過ごしていた。人と妖がともに暮らす古都を舞台に、出会いと別れを繰り返しながら、汀一と時雨は友情を育んでいく。しかしある日、妖怪祓いをしている少年・小春木祐が現れて、くらがり堂にピンチが訪れる……!?

人間×妖怪の高校生コンビが大活躍！
古都で起こる不思議な事件簿、第三弾。

峰守ひろかず
『金沢古妖具屋くらがり堂　夏きにけらし』

装画：烏羽雨

金沢・暗がり坂にある古道具屋・蔵借堂《くらがり》は、妖怪たちの古道具――古〝妖〟具を取り扱う不思議なお店。店主を始め、店員も実はみんな妖怪だ。転校生の葛城汀一は、普通の人間ながらそこでアルバイトしている。ある日、さすらいの妖具職人・魎子が店にやってきた！　やんちゃなカワウソの妖怪も登場し、恐怖のひな人形、学校にあらわれる怪異など、妖怪がらみの事件に巻き込まれていく。そして、汀一と時雨の凸凹コンビに別れが――？

平安怪異ミステリー、開幕！

峰守ひろかず

『今昔ばけもの奇譚 五代目晴明と五代目頼光、宇治にて怪事変事に挑むこと』

装画：アオジマイコ

時は平安末期。豪傑として知られる源頼光の子孫・源頼政は、関白より宇治の警護を命じられる。宇治では人魚の肉を食べて不老不死になったという橋姫を名乗る女が、人々に説法してお布施を巻き上げていた。なんとかせよと頼まれた頼政だが、橋姫にあっさり言い負かされてしまう。途方にくれているところに出会ったのは、かの安倍晴明の子孫・安倍泰親だった——。
お人よし若武者と論理派少年陰陽師が数々の怪異事件の謎を解き明かす！

舞台にかける夢と友情を描いた、
熱い感動の青春演劇バディ・ストーリー！

辻村七子
『僕たちの幕が上がる』

装画：TCB

ある事件をきっかけに芝居ができなくなってしまったアクション俳優の二藤勝は、今をときめく天才演出家・鏡谷カイトから新たな劇の主役に抜擢される。勝は俳優生命をかけて、初めての舞台に挑むことに。さまざまな困難を乗り越えて、勝は劇を成功させることができるのか？鏡谷カイトが勝を選んだ理由とは——？飄々とした実力派俳優、可愛い子役の少年、不真面目な大御所舞台俳優など、個性的な脇役たちも物語に彩を添える！

イケメン毒舌陰陽師とキツネ耳中学生の
へっぽこほのぼのミステリ!!

天野頌子
『よろず占い処　陰陽屋へようこそ』

装画：toi8

母親にひっぱられて、中学生の沢崎瞬太が訪れたのは、王子稲荷ふもとの商店街に開店したあやしい占いの店「陰陽屋」。店主はホストあがりのイケメン陰陽師。アルバイトでやとわれた瞬太は、実はキツネの耳と尻尾を持つ拾われ妖狐。妙なとりあわせのへっぽこコンビがお客さまのお悩み解決に東奔西走。店をとりまく人情に癒される、ほのぼのミステリ。単行本未収録の番外編「大きな桜の木の下で」を収録。

〈解説・大矢博子〉

15万部突破のヒット作!!
切なくて儚い、『期限付きの恋』。

森田碧
『余命一年と宣告された僕が、余命半年の君と出会った話』

装画：飴村

高1の冬、早坂秋人は心臓病を患い、余命宣告を受ける。絶望の中、秋人は通院先に入院している桜井春奈と出会う。春奈もまた、重い病気で残りわずかの命だった。秋人は自分の病気のことを隠して彼女と話すようになり、死ぬのが怖くないと言う春奈に興味を持つ。自分はまだ恋をしてもいいのだろうか？　自問しながら過ぎる日々に変化が訪れて……。淡々と描かれるふたりの日常に、儚い美しさと優しさを感じる、究極の純愛。